# मीलू के लिए...

(उपन्यास)

# मीलू के लिए...

महाश्वेता देवी

अनुवाद

सुशील गुप्ता

वाणी प्रकाशन

**वाणी प्रकाशन**

*4695, 21-ए, दरियागंज, नयी दिल्ली 110 002*

शाखा

*अशोक राजपथ, पटना 800 004*

फ़ोन: +91 11 23273167 फ़ैक्स: +91 11 23275710

www.vaniprakashan.in

vaniprakashan@gmail.com

MEELU KELIYE...

*by* Mahashweta Devi

Translated by Sushil Gupta

ISBN : 978-81-8143-679-5

Novel



संस्करण 2008

आवृत्ति 2012

मूल्य : ₹ 125



*मेहरा ऑफ़सेट, नयी दिल्ली-110002 में मुद्रित*

*वाणी प्रकाशन का लोगो मक़बूल फ़िदा हुसेन की कूची से*

# परिचय

कहीं कुछ भी नहीं होता। हर अन्त के बाद, कुछ न कुछ बच रहता है और वहीं से फिर नई शुरुआत होती है—यह सूत्र ज़िन्दगी को हताशा से बचा लेता है और चलने के लिए फिर एक राह देता है। निरन्तर चलते रहना ही ज़िन्दगी है और जो चलते रहते हैं, उनकी राह कभी गुम नहीं होती, यही सच हर इंसान के जीवन का आलोक-स्तम्भ है।

# 1

आज शाम को हिमाद्रिशेखर का सत्तरवाँ जन्मदिन मनाया जानेवाला था। सरदार शंकर रोड का यह घर ज़रा अलग क़िस्म का है। यहाँ हिमाद्रिशेखर रहते हैं, उनकी पत्नी, हेमकाया रहती हैं। वैसे उनके बेटी-दामाद और नातिन भी इसी शहर में मौजूद हैं।

जन्मदिन हिमाद्रि का ही मनाया जाता था।

यह घर बिल्कुल अलग-थलग है। इतने वर्षों से इस मुहल्ले में रहते-सहते हुए भी, अड़ोसी-पड़ोसी के यहाँ आना-जाना बिल्कुल नहीं था। मुहल्ले का यह हिस्सा ऐसा नहीं था कि अनगिनत हाइराइज़ इमारतों ने सिर उठाया हो। लेकिन मुहल्ले का भूगोल ज़रूर बदल गया था। यहाँ सुधन्य मिष्ठान्न भण्डार, कमला फार्मेसी वगैरह अभी भी मौजूद थे। सरित बाबू के घर के नीचे उनके बेटी-दामाद ने कैसी तो वीडीओ फ़िल्म की दुकान खोल रखी है और बेली मौसी का बड़े गर्व का संयुक्त परिवार, टूट-फूटकर बिखर चुका है और उनका परिवार कई-कई टुकड़ों में बँट चुका है।

अड़ोसी-पड़ोसी का जो मतलब होता है, ऐसे सभी लोग वहाँ मौजूद हैं। लेकिन हिमाद्रिशेखर ने अपने पड़ोसियों को किसी दिन भी अपनी बराबरी का नहीं समझा कि उनसे मेल-जोल रखा जाए। इसे उनका दोष या गुण नहीं कहा जा सकता। दरअसल, यह हिमाद्रि का ख़ानदानी मामला है। वे लोग समझते हैं कि उन लोगों का खून नीला है। कहा जाता है कि उनके किसी पुरखे को, मुग़लों की तरफ से रायरायान का खिताब मिला था। हिमाद्रि की दादी भी किसी रायबहादुर की बेटी थीं।

हिमाद्रि अपने बचपन से ही देखते आए हैं। उनकी दादी अपने अड़ोसी-पड़ोसी के बारे में अकसर कहा करती थीं कि वे लोग मेल-जोल के लायक नहीं हैं।

उनकी माँ भी हमेशा यही कहती थीं, "आमने-सामने भले मेल-जोल रखो, लेकिन अपनी ख़ानदानी शान हमेशा याद रखना।"

हिमाद्रि ने जब यह मकान बनवाया, उस वक्त उनकी पहली पत्नी ज़िन्दा थीं। उनका नाम भी प्रथमा था। प्रथमा को उनके पीहर और ससुराल से एक ही शिक्षा मिली थी—"पति परमेश्वर जैसा रखे, उसी तरह रहना।"

प्रथमा ने अपने पड़ोस में किसी से भी मेल-जोल नहीं रखा। पड़ोसी भी उनके अहंकार पर नाक-भौं ही सिकोड़ते रहे। किसी की राय में पति जनाब ही बेहद नकचढ़े जीव थे। कुछ का मानना था कि पत्नी ही ख़ासी दिमाग़ी है।

ख़ैर, अब यह बात सभी समझ गए हैं कि यह घराना असम्भव विधि-निषेधों में बँधा हुआ, ख़ासा अलग-थलग है। कभी इस घर के लड़के-लड़कियाँ छोटे थे, लेकिन उनके जन्मदिन की धूमधाम कभी नज़र नहीं आई। इस मकान में सिर्फ एक ही दिन रोशनी-बत्ती जलती है; लोग-बाग आते हैं, जिस दिन घर के मालिक का जन्मदिन मनाया जाता है।

वैसे यह बात हिमाद्रि भी जानते हैं कि यह रिवाज प्रथमा ने ही शुरू किया था। विवाह के बाद, जब वे दोनों मालदह गए, उन्हें अन्यान्य सरकारी अफसरों के जन्मदिन की दावत मिलती थी।

प्रथमा ने कहा, "सुनो, हम हर दावत में जाते हैं, खा-पीकर चले आते हैं। हमारा भी तो फर्ज़ है कि उन लोगों को अपने यहाँ दावत दी जाए।"

"किस बहाने बुलाओगी?"

"क्यों? तुम्हारे जन्मदिन पर..."

इस तरह उनका जन्मदिन मनाया जाने लगा। यह तो रिवाज शुरू हुआ, अब नियम बन चुका है। जन्मदिन करीब आते ही, वे खुद ही हो-हल्ला मचाने लगते थे।

"याद है न?"

ख़ैर, यह दिन सभी को याद रहता है।

हिमाद्रि के जन्मदिन पर, दोपहर के वक्त सभी मेहमान, गोविन्दभोग चावल का भात, सोनामूँग की दाल, खसखस का बड़ा, केले के फूलों की भुजिया, पकौड़े और अनारस की चटनी का भोज खाते हैं।

रात के वक्त फ्रायड राइस, राधा वल्लभी, चिकन गोवानीज़, दही-मछली, अनारस की चटनी, पतली-पतली रोटियाँ और छेने की खीर!

पकवान की यह फेहरिश्त किसी ज़माने में चालू हुई थी, आज भी चल रही है। प्रथमा ने ही पहली बार ये सब व्यंजन पकाए थे।

हेमकाया ने पूछा, "प्रथमा का भी जन्मदिन मनाया जाता था?"

"अरे नहीं, उसका जन्मदिन कौन मनाता?"

"तुम्हारा जन्मदिन वह मनाती थी। तुम भी तो उसका जन्मदिन मना सकते थे–"

हिमाद्रि ने जवाब दिया, "उसे तो मेरे अलावा और कोई ख़्याल नहीं आता था। अब देखो न, रणो हमारी पहलौठी की सन्तान थी। उस पर से–बेटा! जब वह साल-भर का हुआ, प्रथमा ने कहा, जन्मदिन की क्या ज़रूरत है भला?"

सभी लोग दंग रह गए! पहली सन्तान, वह भी बेटा! उसका जन्मदिन नहीं मनाया जाएगा?

प्रथमा ने इनकार में सिर हिलाया। चाहे हिमाद्रि का घर हो या प्रथमा का। ज़िन्दगी में कहीं, किसी ने भी, यह नहीं देखा था कि उसने कभी अपनी राय जाहिर की हो।

प्रथमा ने कहा, "हाँ, क्या ज़रूरत है? मज़ा उस बित्ते-भर के बच्चे को तो आएगा नहीं, बड़े लोग ही मौज-मज़ा करेंगे। मुझे धूमधाम नहीं सुहाता। जन्मदिन फिर कभी मना लेंगे! अभी, अन्नप्राशन पर ही, कितना बड़ा जश्न मनाया गया! भोज-भात हुआ!"

बहरहाल, रणजय के जन्मदिन का मतलब था खीर खिला देना और एक जोड़ी कमीज़-पैंट दिला देना।

प्रथमा के इन्तकाल के बाद, वह भी बन्द हो गया।

दूर्वा का जन्मदिन मनाने का तो किसी को ख़्याल ही नहीं आया। जिस बेटी के पैदा होने के चन्द दिनों बाद ही, माँ दम तोड़ दे, वह तो कुलक्षणी, मनहूस और राक्षसी होती है। उसका जन्मदिन भला कौन मनाता?

हिमाद्रि की बात अलग है।

सत्तरवें साल का जन्मदिन! यह कोई आसान बात है?

कई दिनों से हिमाद्रि का जी चाह रहा था कि इस बार जन्मदिन की बात हेमकाया की तरफ से ही छिड़े।

लेकिन हेमकाया के चेहरे से यह लगा ही नहीं कि ऐसी अहम बात उसे याद भी है!

आखिरकार हिमाद्रि ने ही बात छेड़ी, "कल तो..."

"हाँ, कल तुम्हारा जन्मदिन है।" -

"अच्छा, तो तुम्हें याद है?"

"याद क्यों नहीं रहेगा?"

"लेकिन...तुम तो कुछ बोल ही नहीं रहीं..."

"क्या बोलूँ? बताओ?"

"सत्तर साल पार कर जाना, कोई हँसी-खेल नहीं है–"

"आजकल तो बन्दा सौ साल भी जीता है।"

"नहीं, नहीं! अपाहिज या लाचार होकर, उतने दिनों तक ज़िन्दा रहना..."

"नहीं, तुम्हें अपनी सेहत की हिफ़ाज़त करना आता है–"

"मेरा ख़्याल है, कल तीस लोग तो होंगे ही..."

"तीस!"

"तीस क्यों, यह तो तुमने पूछा ही नहीं–"

"पूछने जैसी कोई बात नहीं थी–"

हिमाद्रि को लगा, विवाह से पहले की शर्त, हेमकाया इस ढंग से न मानतीं, तो ही बेहतर था।

लेकिन वे अजीब कशमकश में फँसे हुए थे। सुबह के अख़बार में देवांशु की ख़बर पढ़कर, मन को कहीं, बेभाव चोट लगी थी। देवांशु मर गया? कैंसर का शिकार होकर, उसने दम तोड़ दिया। वे दोनों एक ही बैच के अफसर थे। दोनों में काफी गहरी दोस्ती थी। देवांशु को सितार बजाने का शौक था। अकसर संगीत सम्मेलन में भी जाते रहते थे।

रात को अगल-बगल लेटे हुए, आखिर उन्होंने मन का अफसोस उगल ही डाला।

"देवांशु की ख़बर देखकर..."

"हाँ, कल ही पढ़ लिया था।"

"मन काफी अजीब हो आया। सच्ची, ज़िन्दगी कितनी अनिश्चित है...! इसलिए मैंने सोचा, इस बार यार-दोस्तों को बुला ही लूँ..."

"अच्छा ही किया..."

"मुझे तो पता भी नहीं था कि उसे कैंसर हुआ है..."

"कैंसर तो आखिर कैंसर होता है! यह कोई ऐसी-वैसी बीमारी तो नहीं..."

"इसीलिए...इसीलिए तो मैं सेहत के बारे में इतना फिक्रमन्द रहता हूँ।"

"ख़ैर, छोड़ो, ऐसी बातें मत सोचा करो।"

"जन्मदिन को...सुबह-सुबह, पहले वही फोन करता था।"

"कहा न, अब यह सब सोचना छोड़ो। चलो, सो जाओ! मैं सिर सहला देती हूँ।"

"आज नींद नहीं आएगी, हेम!"

लेकिन हिमाद्रि ठीक ही सो गए! हेमकाया की उँगलियाँ, उनके बालों में

घूमती रहीं...घूमती रहीं!

थोड़ी देर बाद, हेमकाया बिस्तर छोड़कर उठ खड़ी हुईं!

मीलू अपने कमरे में, घुटनों पर ठुड्डी टिकाए, बैठी हुई थी! चेहरा खौफ और शर्म से सूखा हुआ! आँखों में समुन्दर-भर परेशानी! मारे फिक्र के आँखों तले सियाह धब्बे!

हेमकाया ने उसके माथे पर हाथ रखा।

"यूँ सोच-सोचकर तू तो अपनी सेहत चौपट कर लेगी, मीलू!"

"कल क्या होना है, क्या पता!"

"होना क्या है? मैं तुझे लतू मौसी के पास ले चलूँगी। घर में किसी को कानोंकान ख़बर नहीं होगी।"

"अगर पता चल गया, तो तुम्हीं लोगों के चेहरे पर कालिख पुत जाएगी।"

"नहीं, कालिख नहीं लगेगी, मीलू।"

"पता चल गया, तो..."

"मेरे अलावा, और कोई जानता भी नहीं..."

"कहूँ भी तो किससे कहूँ? माँ तो छूटते ही चीख-पुकार मचा देगी। माँ, हमेशा यही करती है।"

"उसने काफी बर्दाश्त जो किया है! अब उससे बर्दाश्त नहीं होता।"

"पता नहीं मुझे क्या हो गया था, मौसी!"

"मीलू! मैंने कित्तनी बार समझाया है तुझे, तेरी सारी जिम्मेदारी मेरी! होगा भी क्या? बेटा या बेटी! यही न?"

"उसका बाप नहीं मानेगा—"

"मैं तो मानूँगी! तुझे कोई तकलीफ नहीं होगी।"

"भइया, दीदी, मौसा..."

"देख, अगर ज़रूरत पड़ी, तो मैं तुझे लेकर, कहीं और चली जाऊँगी।"

"धत्! ऐसा भी कहीं होता है!"

"जो भी करना पड़े, मैं करूँगी, मीलू! अब से तेरी जिम्मेदारी मुझ पर है! मैं जो कहूँगी, तू वही करेगी, तूने मुझसे वादा किया है।"

"हाँ, मौसी, मैं वही करूँगी।"

"किसी भी क़िस्म की अजूल-फिजूल बातें नहीं सोचेगी—"

"ना, अब नहीं सोचूँगी।"

"आत्महत्या का ख्याल भी अपने मन में नहीं लाएगी—"

"नहीं, कभी नहीं..."

“कल बहुत सारा काम है, मीलू! आज रात, सो जा—”

“हाँ, सो ही जाऊँ...”

मीलू ने अपने सिरहाने भगवान की तस्वीर रख ली! भगवान पर उसका गहरा विश्वास है। बृहस्पतिवार को वह लक्ष्मी पूजा करती है, शनिवार को लेक में स्थित काली-बाड़ी जाती है।

उसके विश्वास ने उसको मनोबल दिया। कल हिमाद्रि का जन्मदिन है और हेमकाया की अग्निपरीक्षा!

सुबह-सवेरे कुछ भी जाहिर नहीं हुआ!

सुबह सवा छः बजे हिमाद्रि शेखर टहलने निकल गए! सत्तर वर्ष की उम्र में भी ऐसे चुस्त-तन्दुरुस्त कि नौजवानों को भी ईर्ष्या हो। घड़ी देखकर पूरा एक घण्टा लेक का चक्कर लगाया। वे बिल्कुल नियम मुताबिक बैठे थे। टहलने जैसा अच्छा व्यायाम दूसरा कोई नहीं है!

अमिय और महितोष उनके अगल-बगल ही बैठे थे। अमिय न तो स्वास्थ्य, न डॉक्टर, न बीवी और न ही दूरदर्शन की हिदायत मानते हैं। वे हर जगह दावत पर पहुँच जाते हैं, जी भरकर सिगरेट फूँकते हैं।

उनका कहना है, “मुझे सौ साल तक जीने का चाव नहीं है।”

महितोष भी कमोबेश निश्चिन्त जीव हैं। काफी सारे रत्न-मणि धारण करके, उन्होंने अपने को सुरक्षित रखा है।

हिमाद्रि बैठे नहीं।

उन्होंने पूछा, “क्यों, आ रहे हो न?”

“ज़रूर! ज़रूर! वाकई तुम्हारी नौकरानी सचमुच नारी-रत्न है! मीलू! राँधने-पकाने में द्रौपदी!

“चलो, फिर मिलते हैं।”

“क्यों? बैठोगे नहीं?”

“नहीं, आज नहीं बैठूँगा।”

“देवांशु के यहाँ तुम नज़र नहीं आए—”

“मैं किसी की मरनी-गमी में नहीं जाता। चिट्ठी भेजा देता हूँ।”

“तुम बिल्कुल जस के तस रह गए...”

नहीं, किसी के मरने-जीने में हिमाद्रि नहीं जाते। मौत को लेकर उनके मन में अजीब-सी वितृष्णा है। मौत का मतलब ही है, रोना-धोना, विलाप, क्रियाकर्म के बारे में बातचीत! यह सब बिल्कुल अच्छा नहीं लगता।

वे पूरे घण्टे-भर टहलते रहे! वाकई, टहलने में कितनी-कितनी ख़ूबियाँ होती हैं।

यह ऐसा भ्रमण है, जिसमें किसी क़िस्म का खर्च नहीं होता।

यह ऐसा इलाज है, जिसमें डॉक्टर की ज़रूरत नहीं पड़ती।

यह ऐसा दोस्त है, जो सेहत का हमेशा मददगार होता है।

हिमाद्रि घर लौटे। अब वे कुछ देर आराम करनेवाले हैं! उसके बाद, नहाने चल देंगे! जब वे मेज़ पर आ बैठेंगे, मीलू उनके सामने दो कुरकुरे टोस्ट, थोड़े-से फल और गिलास-भर मट्ठा रख देगी।

उसके बाद, हिमाद्रि अखबार पढ़ने बैठ जाएँगे। नौ बजे से बारह बजे तक, वे अखबार में डूबे रहेंगे। सुप्रतीप, उनकी नौकरिया ज़िन्दगी की यादों के बारे में महाग्रन्थ टाइप करता रहेगा। यह किताब अंग्रेजी में छपेगी। उनके निजी ख़र्च पर! लेकिन इतनी-सी अय्याशी तो वे कर ही सकते हैं। बेटा रणजय, सुप्रतिष्ठित इंजीनियर है; हैदराबाद में रहता है! अब, जब वह कलकत्ता आता है, होटल में ठहरता है। हाँ, भेंट करने जरूर आता है! इस बार, वह यहीं...उनके घर ही ठहरा है!

"अचानक यहाँ क्यों?"

"मैंने ही उसे आने को ख़त लिखा था—"

हाँ, हेमकाया ही बेटे-बेटी से ज्यादा घनिष्ठ है! बच्चे उन्हें 'माँ' के बजाय 'हेम माँ' पुकारते थे।

रणजय, कुछ दिन यहीं रहेगा।

"अच्छा? बाबू जी का जन्मदिन पड़ रहा है? चलो, यहीं रुक जाते हैं—"

उसकी बातचीत का लहजा, कुछ इसी तरह का है। दूर्वा, हेमकाया की बेहद आज्ञाकारी प्रजा है! वह साल्ट लेक में रहती है। वहाँ उसने नया घर बनवाया है।

प्रदीप, शहर का ऐसा हार्ट-सर्जन है, जिसका नाम, आजकल अक्सर सुनने में आता है। दूर्वा किसी कम्प्यूटर केन्द्र में नौकरी करती है। आज दूर्वा, प्रदीप, मधुला, सभी आनेवाले थे।

मधुला उनकी नातिन है! तीसरी पीढ़ी! यानी हिमाद्रि को अपनी तीसरी पीढ़ी देखना नसीब हुआ है।

दूर्वा इस घर की पहली लड़की है, जिसने अपना कैरियर बनाया, हिमाद्रि की इच्छा के खिलाफ, गैर-बिरादरी में ब्याह किया।

हाँ, इन सबमें हेमकाया का समर्थन ज़रूर था! हेमकाया जब भी दूर्वा के विवाह का जिक्र करती, हिमाद्रि फौरन ही, ब्याह से पहले की शर्त, दुबारा याद दिला देते थे।

हेमकाया ने कहा, "देखो, तुम्हारे-मेरे बीच जो शर्त हुई थी, मैं कभी उसके

बाहर नहीं गई। मैंने कभी अवमानना नहीं की! तुम जो भी करते हो, जो भी कहते हो, मैं हमेशा 'हाँ' कहती हूँ, 'ना' नहीं।''

''बोल भी कैसे सकती हो? मैंने कभी कोई अन्यायपूर्ण बात की?''

''चलो, छोड़ो ये बातें! लेकिन हाँ, रणो और दूर्वा के मामले में तो कोई शर्त नहीं हुई थी! तुम रायचौधुरी हो, प्रदीप महान्ति! इसमें एतराज की क्या बात है?''

''तुमने लड़की को बेहद ज़िद्दी बना दिया है। अपनी माँ से वह ज़रा भी मेल नहीं खाती।''

''देखो, यह सब बातें नितान्त प्रसंगहीन हैं। वह जिस लड़के से ब्याह करना चाहती है, वह बेहद शरीफ और कामयाब लड़का है। तुम और क्या चाहते हो?''

''बड़े और मँझले भइया की बेटियों ने तो ऐसा नहीं किया–''

''तुम अपने बड़े और मँझले भाई की बेटियों से दूर्वा की तुलना करने चले हो? कहाँ राजा भोज, कहाँ गंगू तेली?''

''देखो, दूर्वा की माँ अगर ज़िन्दा होती, तो...''

''दूर्वा की माँ होती, तो हेम माँ होती ही नहीं, पापा! यह बात तुम मत भूलो।'' दूर्वा ने कहा।

''दूर्वा, तुम बहोत ढीठ हो गई हो, बिल्कुल सिर चढ़ गई हो–''

''वह तो मैं हमेशा से ही हूँ। लेकिन मेरी बाकी दीदियों का ब्याह किया गया। उन लोगों ने ख़ुद नहीं किया। मैं अपना ब्याह ख़ुद कर रही हूँ। इस मामले में, तुम ख़ामख़्वाह हेम माँ को बुरा-भला मत कहो, पापा।''

हिमाद्रि गुस्से से इस क़दर खौल उठे कि वे तमककर कमरे से बाहर निकल गए।

देवांशु ने उन्हें समझाया, ''तुम्हारी बेटी जितनी तेज़-तर्रार है, दामाद उतना ही मशहूर डॉक्टर है...!''

''लेकिन बंगाली तो नहीं है।''

''यह बात तुम किससे कह रहे हो? मेरा एक ही दामाद है, वह गुजराती है; एक ही पतोहू है, वह पंजाबी है। अब दिन-काल बदल चुका है, हिमाद्रि! तुम क्या कुछ भी नहीं समझते?''

इसके बावजूद हिमाद्रि सहज नहीं हो पाए।

दूर्वा और प्रदीप की रजिस्टरी, इसी मकान में हुई थी। हेमकाया और रणो, दोनों ही ने कहा, ''इस घर पर जितना रणो का हक़ है, उतना ही दूर्वा का!''

बहरहाल, उस विवाह में किसी को भी आमन्त्रित नहीं किया गया। हिमाद्रि का मन रखने के लिए, विवाह के बाद, कोई समारोह भी नहीं हुआ। हाँ, लतू ज़रूर आई थी। अब तो उसके बालों में सफेदी आ गई है, लेकिन स्वभाव और जुबान,

उसी तरह धारदार!

लतू ने कहा, "गनीमत है, दूर्वा अपनी माँ जैसी नहीं हुई, यह तो बहोत बड़ा वरदान है।"

प्रदीप के यहाँ, उनके विवाह का रिसेप्शन हुआ, वह उनके घर के लॉन पर हुआ। रिसेप्शन में जितने तो डॉक्टर थे, उतने ही बिरादरी के ऊँचे-ऊँचे तबके के लोग भी शरीक हुए!

लतू ने कहा, "देख लीजिए! इनके बन्धु-बान्धव कितने शरीफ हैं!"

उन लोगों के यहाँ विशाल आयोजन किया गया था। चाय-कॉफी-कोल्ड ड्रिंक का विराट इन्तज़ाम! मंच पर मशहूर वादक, सितार बजाते हुए! किसी बहुत बड़े केटरर को इन्तज़ाम का जिम्मा सौंपा गया था! बूफे और बैठकर खाने—दोनों तरह का ही प्रबन्ध था! बनारसी पानवाले को भी बिठाया गया था।

प्रदीप के सर, तापस बसु ने हिमाद्रि से कहा, "आप बेहद तकदीरवाले हैं—"

हिमाद्रि मन्द-मन्द मुस्करा उठे।

"दूर्वा की जुबान पर, हर वक्त हेम-माँ का ही गुणगान रहता है। वैसे दूर्वा भी जेम ऑफ एक परसन है! बिल्कुल हीरा!"

हिमाद्रि की मन्द-मन्द मुस्कान और गहरी हो आई। वैसे मन-ही-मन वे ज़रा भी खुश नहीं हो पाए। उनके लिए 'ब्याह का घर' का जो मतलब था, यह इन्तज़ाम उससे बिल्कुल ही अलग था।

घर लौटकर उन्होंने हेमकाया से कहा, "यह कोई विवाह का घर था या फैशन-शो?"

"वे लोग और ही तरह के इन्सान हैं।"

"हुँहः फालतू की अमीरी दिखा रहे थे!"

"अमीरी दिखाने की क्या बात है? उनका वह निजी मकान है। वह जो सितार बजा रहे थे, वे वसन्त मिश्र थे। वे प्रदीप के ममेरे भाई हैं! उनके परिवार में ढेरों लोग डॉक्टर, टेक्नॉलॉजिस्ट हैं! शानदार इन्तज़ाम किया था उन्होंने!"

"क्यों? रणो के ब्याह में मैंने भी दिखा नहीं दिया?"

हेमकाया ने पलटकर देखा।

"रणो के ब्याह का नतीजा, हर किसी की नज़रों के सामने है—"

इस बारे में हिमाद्रि के पास काफी बातें थीं। रणो में अगर उतनी मर्दानगी होती, तो यह विवाह हरगिज नहीं टूटता।

रणजय का विवाह, मुहब्बत का विवाह नहीं था। महितोष ने हिमाद्रि को

बार-बार समझाया था! वे ही हिमाद्रि के विश्वासभाजन इन्सान थे।

उन्होंने ही कहा, "वे लोग काफी अमीर हैं। उनकी इकलौती बेटी है! अपूर्व सुन्दरी! वे लोग ख़ानदानी घर खोज रहे हैं! रुपए-पैसों की उन्हें कोई चाह नहीं है।"

हिमाद्रि ने जवाब दिया, "रणो को सिर्फ उसकी हेम-माँ ही राजी करा सकती है। मेरी बात की वह क़द्र नहीं करेगा।"

"अरे, पहले लड़की की फोटो तो देखे–"

हाँ, वे लोग ख़ानदानी अमीर थे और बैरिस्टर भी! बेटी के विवाह के लिए उन्होंने फोटो भेजी थी।

दूर्वा ने अफसोस जाहिर करते हुए कहा, "अरे, और कुछ नहीं तो बिचौलिए को ही भेज देते–"

"खैर, बिचौलिए तो आज भी होते हैं। दूर्वा। हाँ, रंग-ढंग बदल गया है! बस, इतना-सा फ़र्क़ आया है। अखबारों में इश्तेहार भी छपते हैं, तो विवाह-दफ़्तर भी खुल गए हैं। हमारे देश में जो-जो रस्म-रिवाज था, वह भी ज्यों का त्यों क़ायम है–"

"अपना यह भाई भी न...एकदम फिजूल बन्दा है।"

"हर कोई क्या एक जैसा होता है?"

"चलो, छोड़ो, अन्त भला, तो सब भला!"

"मुझे तो बस, यह फिक्र लगी है कि इतने रईस आदमी की दुलारी बेटी, क्या रणो को पसन्द करेगी?"

"अरे, दिलचस्पी तो उन्हीं लोगों ने दिखाई है। लड़कीवाले ही तो आग्रह दिखा रहे हैं–" हिमाद्रि ने कहा।

"रणो बड़ा चुप्पा है, उस पर से शान्तिप्रिय लड़का है।"

"क्यों? बीवी से तालमेल नहीं बिठा पाएगा?"

"पता नहीं! मेरी तो उस समाज से जान-पहचान नहीं है।"

"अरे, मेरी तो पहचान है। रणो की माँ क्या कम अमीर घराने की बेटी थी? यहाँ हिलमिल गई या नहीं?"

"चलो, देखते हैं। तुम भी देख लो–"

"तुम कहोगी, तो रणो फट् से राजी हो जाएगा।"

रणजय मधुमीता उर्फ मोमो की फोटो देखते ही मुग्ध हो गया। खूबसूरत! बेहद खूबसूरत!

"देखो, देखो, हेम-माँ, ठीक जैसे..."

"परी लगती है या देवकन्या...क्यों रे, रणो?"

"नहीं, ऐसा कुछ तो नहीं, लेकिन, बेहद हसीन है..."

वह तस्वीर आखिर गई कहाँ? किसी सागर किनारे खड़ी मोमो! आँचल

उड़ता हुआ! लम्बे-लम्बे बाल लहराते हुए! ग़ज़ब की बड़ेरी आँखें! झिलमिल करती ख़ूबसूरती!

लतू ने कहा, "इन्द्रजित बाबू और उनकी पत्नी ने तो बेटी को आँख का तारा बनाकर रखा है–"

"तुम उन लोगों को पहचानती हो?"

"नहीं, कोई ख़ास जान-पहचान तो नहीं है, मगर थोड़ा-बहुत जानती ज़रूर हूँ।"

"लड़की कैसी है, लतू?"

"यह तो मैं नहीं जानती। लेकिन हाँ, लाड़ली ज़रूर है।"

"रणो से उसका विवाह क्यों कर रही हैं?"

"मेरा ख्याल है, वे लोग ख़ानदानी लड़का चाहते हैं, जो उनके मुताबिक चले–"

"कहीं घर-दामाद तो नहीं खोज रहे हैं? अगर यह बात है, तो भइया हरगिज राजी नहीं होंगे।"

हेमकाया ने अफसोस-भरे लहजे में आशंका जाहिर की, "बालीगंज सर्कुलर रोड में उतनी बड़ी कोठी, उतने सारे कुत्ते, दो-दो गाड़ियाँ! उस घर की लड़की यहाँ कैसे गुज़ारा कर पाएगी? रणो तो फोटू देखकर ही मुग्ध हो गया। बातचीत करके ही लहालोट हो गया।"

"छोड़ो तो! इतनी फिकर मत करो! भइया अगर खुश हैं, तो हम सब खुश!"

हिमाद्रि ने जी भरकर, मन के पूरे चाव के साथ विवाह का आयोजन किया। साहब मुहाल में हक्कानी-सी कोठी किराए पर ली गई। बल्ब की रोशनी में जगमग मण्डप! बड़ा-सा सिंहासन! कहीं, कोई साध अधूरी नहीं रखी। गहने भी हिमाद्रि ने ही खरीदे थे। वैसे लड़कीवालों की तरफ से और भी शानदार और भव्य आयोजन किया गया था।

उन दिनों रणो तो बिल्कुल मन्त्रमुग्ध था। मोमो को देखते ही, रणो एकबारगी बहने-उतराने लगता था, मानों मन्त्र के प्रभाव में बेसुध हो जाता था। उन दोनों ने लम्बे वक्त तक हनीमून मनाया था, ऊटी में लम्बे अर्से तक वक्त गुज़ारा।

वहाँ से लौटने के दो दिनों बाद ही मोमो पीहर चली गई। उनके आत्मीय-स्वजन, नवदम्पती को दावत नहीं देते थे, पार्टी 'थ्रो' करते थे। इतनी-इतनी पार्टियाँ! इतना-इतना हो-हुल्लड़! वह मानों कोई और ही दुनिया थी।

हिमाद्रि समधी के गर्व से बेभाव गर्वित थे। मोमो उनकी बेहद श्रद्धा-भक्ति करती थी। अपने बापू को वह 'बापी' बुलाती थी, हिमाद्रि को 'पापा'। वह कभी उनसे 'आप' करके बात नहीं करती थी, 'तुम' कहकर बतियाती थी। जब वह खाने

बैठती थी, तो हर व्यंजन को 'लवली' कहती थी। वैसे अपने कुत्तों को लाड़-प्यार करने के लिए, बार-बार मायके चल देती थी, अब उसका क्या उपाय?

कुछ दिनों असम्भव हो-हुल्लड़, खुशी के कोहराम में डूबते-उतराते रहे। मोमो इस गृहस्थी में आदरणीया मेहमान की तरह रहती थी। हिमाद्रि का टोस्ट या नीबू-पानी सेवन करना, घड़ी के काँटे माफिक खाना—इन सबके रहस्य में उसने दाखिल होने की कोशिश ही नहीं की।

दूर्वा ने मन्तव्य दिया, "अरे, अपने हाथ से तो कुछ करना नहीं पड़ता। फिर भी नाम करने भर को तो अन्दर क़दम रख सकती है..."

हेमकाया अपनी तरफ से कोई मन्तव्य नहीं देती थी। मोमो से वे हमेशा ही मीठा बर्ताव करती थीं! रणो के चेहरे पर नज़र पड़ जाती, तो वे भगवान से कुशल मनाने लगती थीं।

मोमो अकसर ही इस घर के शान्त जल में कंकड़ फेंकती रहती थी।

"हाय माँ! मैंने बताया नहीं? आज तो मुझे मॉम के साथ लंच खाने, क्लब जाना है।"

"आज तो मुझे अपनी सहेली के डांस प्रोग्राम में जाना है। उसके बाद यहाँ लौटना, क्या सम्भव होगा?"

"आप लोगों का मुहल्ला भयंकर बंगाली-बंगाली है। है न?"

"अच्छा, पापा इस तरह सेवा-जतन वसूल क्यों करते हैं? मेरे बापी तो बिल्कुल अलग तरह के हैं—"

उसके बाद, यह भी जाहिर हुआ कि कुल्लमकुल सोने के एक कमरे, एक अदद बाथरूम और एक अदद बरामदे में गुज़ारा नहीं हो सकता।"

"हुँहः मैचबॉक्स जैसा घर!" यह जुमला वह अकसर दुहराती थी!

अब तो रणो के साथ भी खिट्-खिट् लगी रहती थी। धीरे-धीरे यह समझ में आ गया कि ससुर, सौतेली सास और दूर्वा के साथ रहना-सहना, उसके लिए कतई मुमकिन नहीं है।

हेमकाया ने सलाह दी, "तुम दोनों कोई फ्लैट लेकर, चले जाओ न! मोमो अपने मन मुताबिक रह-सह सकेगी।"

"मोमो फ्लैट में रहेगी? उसका वक्तव्य बिल्कुल साफ है! मुझे बालीगंज सर्कुलरवाली कोठी में जाना होगा।"

"तू जाना चाहता है?"

"ऐसा भला मैं चाह सकता हूँ?

दूर्वा ने भी कहा, "भइया उसे धर-पकड़कर नहीं रख सकते, हेम माँ! उनका विवाह टिकनेवाला नहीं है।"

सच ही वह विवाह नहीं टिका! वह विवाह बिल्कुल नहीं टिका।

चार साल गुज़रते-न-गुज़रते मोमा हमेशा के लिए यह घर छोड़कर चली गई। अपने साथ वह श्रीजय को भी ले गई। उस वक्त श्रीजय डेढ़ साल का था।

कुल डेढ़ साल का बच्चा! माँ की तरह रंग, नाक, होंठ! रणो की तरह आँखें! काले घुँघराले बाल! श्रीजय अकसर ही हाथ में चीज़ लेकर, खाना भूल जाता था।

हिमाद्रि ने काफी गर्जन-तर्जन किया। दूर्वा और हेमकाया कई-कई बार उसके दरवाजे गईं। मोमो के माँ-बाप, कई बार रणो को लेकर बहस-मुबाहसे के लिए बैठे।

रणो उनके प्रस्ताव पर राजी नहीं हो सका। आखिरकार मानसिक निर्यातन का वास्ता देकर, मोमो ने ही तलाक के लिए मुकदमा ठोंक दिया।

जब उसे डिग्री मिल गई, तो उसने रणो से कहा, "हम लोग अब से दोस्त रहेंगे, क्यों ठीक है न? इसके अलावा सनी को देखने तो आओगे न?"

मोमो ने जब यह जुमला कहा, उस पर उसने विश्वास भी किया था। मिठासभरी अन्तरंगता से वह पिघल गई थी।

"ब्याह भी एक तजुर्बा है! चलो, यह तजुर्बा भी हो गया—" उसने कहा था!

"तुम खुश रहना, मोमो, सनी को आँखों-आँखों में रखना—"

"वह तो मॉम और बापी की आँखों का तारा है।"

यह सब कह-सुनकर, मोमो अपनी मौसी के यहाँ, विलायत चली गई। अपने साथ, वह सनी को भी ले गई।

यह विवाह-विच्छेद रोका जा सकता था या नहीं, हेमकाया नहीं जानतीं।

बाद में रणो ने बताया, "वह तो हमेशा से ही यही चाहती थी कि मैं उनके साथ, उनकी कोठी में रहूँ; उन्हीं लोगों की तरह हो जाऊँ। असल में, यह तो बिल्कुल अनमेल विवाह था, हेम-माँ, होना ही नहीं चाहिए था। यह विवाह तो उनके गुरुदेव के निर्देश पर हुआ था। उसके मॉम-बापी तो..."

बेटे को देखने, उससे मिलने की अनुमति होने के बावजूद, विलायत कोई वर्धमान जितना करीब तो है नहीं कि जाएँ और वापस लौट आएँ। वैसे रणो बेटे के जन्मदिन और बड़े दिन पर, उपहार ख़रीदने के लिए रुपये ज़रूर भेजता था। बेटे को वह ख़त भी लिखता रहता है।

ख़ैर, ये सब बातें और घटनाएँ भी अब अतीत का पन्ना बन चुकी हैं।

पाँच साल तो गुज़र गए।

अब, पिछले चार साल से रणजय हैदराबाद में था। पहले जब दूसरे विवाह का जिक्र छिड़ जाता था, तो वह साफ 'ना' कर देता था।

हेमकाया ने ही बताया, "वहाँ किसी लड़की के साथ, उसकी दोस्ती हो गई है।"

“वा-ह! क्या बात है! उसे बंगलाभाषी लड़की नहीं मिली?”

“यह तो रणो ही जाने!”

“बातचीत किस भाषा में होती है?”

“ज़रूर अंग्रेजी बोलते होंगे। वह लड़की दिल्ली की पढ़ी-लिखी है। उसके बाप कहीं सेक्रेटरी वगैरह भी रह चुके हैं।”

“अपनी तो गृहस्थी ही टूट-फूट गई।”

“भई, ज़िन्दगी उसकी है, वही सोचे-समझे।”

“घराना, परम्परा–रणो को इनका बिल्कुल ख्याल नहीं रहा। उसने इनकी क़द्र नहीं समझी। हाँ, अगर उसने मुझसे बात की होती, तो ज़रूर समझता। उसे तो जो भी बात करना होती है, तुमसे करता है।”

हेमकाया ने धीमी आवाज़ में जवाब दिया, “अगर वह मुझसे भी बात न करता, तो उसकी क्या हालत होती, यह सोचा है कभी?”

“हाँऽ, दूर्वा, प्रदीप, लतू–सबसे उसकी ख़ासी दोस्ती है। सिर्फ मुझसे ही कतराकर चलता है।”

“तुमने भी तो उससे कभी दोस्ताना लहजे में मेल-मिलाप नहीं रखा।”

“भई, अपने बापू से बात करने की, कभी हमारी हिम्मत ही नहीं हुई। बाप भला दोस्त कैसे हो सकता है?”

“रणो ने भी दोस्ताना लहजे में बात नहीं की।”

“लेकिन, मैं अपने पिता की श्रद्धा-भक्ति तो करता था।”

“रणो भी तो अभक्ति नहीं करता–”

“असल में, तुमने ही उन लोगों का दिमाग ख़राब कर रखा है।”

“तुमने ही तो कहा था कि मुझे उन लोगों की माँ बनना होगा, उन लोगों को इन्सान बनाना होगा। वैसे वे बच्चे इतने भले और शरीफ थे कि मुझे कोई तक़लीफ ही नहीं उठाना पड़ी।”

आज ढेर-ढेर बातें याद आ रही हैं!

हिमाद्रि मेज़ के सामने आ बैठे। यहाँ तो न रणो है, न हेमकाया! चक्कर क्या है?

मीलू कहाँ है? मीलू? सुबह-सुबह चाय की पहली ट्रे तो वही लाती है। मीलू का रंग काला-कलूटा! पूरे चेहरे पर चेचक के दाग़! उम्र बाईस साल! बेहद नम्र, डरपोक, शान्त-शिष्ट लड़की! हर वक्त हेमकाया के पीछे-पीछे घूमती रहती है!

“मीलू! ओ मीलू!”

हिमाद्रि ने बेसब्र लहजे में आवाज़ दी। वक्त काफी मूल्यवान होता है। उनके वक्त का मूल्य, इस घर के सभी लोग जानते हैं। यहाँ से वे खाकर उठेंगे, स्टडी-रूम

में घुस जाएँगे, अपने दुर्ग में! यह घर उनका है और उन्हीं के नियम से चलेगा। यह बात सभी लोग जानते हैं! सत्ताईस साल पहले, वे हेमकाया को ब्याहकर लाए थे। पिछले सत्ताईस सालों से हेमकाया यह रुटीन मानती आ रही हैं।

"मीलू...!"

रणजय ऊपर की मंज़िल से नीचे उतर आया।

पिता के सामने खड़े होकर, उसने कहा, "तुम जैसे ही टहलने निकले, हेम-माँ ने टैक्सी मँगाई और मीलू को साथ लेकर चली गईं। तुम्हारे लिए यह ख़त छोड़ गई हैं—"

"हेम ख़त तुम्हें सौंप गई?"

"पापा, यह ख़त पढ़ो तो सही!"

रणो की आवाज़ में हुक्म का सुर था!

हिमाद्रि ने टालने की कोशिश की, "पढ़ लूँगा! बाद में पढ़ लूँगा।"

उन्होंने वह ख़त अपने जेब के हवाले किया। कैसे फूहड़ तरीके से आज जन्मदिन शुरू हुआ! हेमकाया, मीलू को लेकर आखिर गई कहाँ?

सुबह-सुबह के नाश्ते पर ही हिमाद्रि का स्टडी में जाने का मूड निर्भर करता है! स्टडी में वक्त ठीक गुज़रे, इस इरादे से वे मेज़ पर आ बैठे। खाने-पीने में वे कभी, कोई गड़बड़ी नहीं करते।

लतू उन पर अक्सर फ़ब्ती कसती रहती है, "यह अजीब तानाशाही चला रहे हैं।"

हत्तेरे कि, ये लोग समझते ही नहीं! कुछ भी नहीं समझते। इन डाँवाडोल दिनों में भी, एक शख़्स किसी कठोरता से नियम-कानून मानकर चल रहा है। असल में इन्हें नियम मानकर चलना नहीं आता, इसीलिए तो बंगाली जाति की यह बदहाली है। हिमाद्रि की राय में इस राष्ट्र को बीच-बीच में मिलिटरी शासन में रखना बेहद ज़रूरी है।

माया उनके सामने एक ट्रे रख गई। ट्रे में एक सूखा टोस्ट, गिलास-भर मट्ठा, थोड़े-से काजू! निहायत आदतवश हिमाद्रि टोस्ट कुतरने लगे।

"पापा, ख़त तो पढ़ लो।"

"लगता है, तुम्हें बहुत जल्दी है, रणो!"

किसी दिन भी बाप-बेटे में संवाद नहीं हुआ! दोनों ने कभी मन खोलकर, एक-दूसरे से बात नहीं की। उस नज़रिए से रणो का बार-बार एक ही जुमला दुहराना, अचरज की बात थी।

"तुम्हें इतनी जल्दी क्यों है, रणो?"

"दूर्वा को लाने जाना है।"

"अभी ही?"

"तुम खत पढ़ो तो सही!"

हिमाद्रि ने ख़त खोला! विवाहित जीवन में यही पहला ख़त था। पिछले सत्ताईस सालों से वे दोनों एक-दूसरे के साथ हैं। ख़त लिखने की कभी ज़रूरत ही नहीं पड़ी।

उन्हें प्रथमा की याद हो आई। प्रथमा अब सिर्फ एक याद-भर है, धूसर पड़ी तस्वीर! लेकिन वह कोई दर्द-भरी याद या शोक नहीं है।

बेचारी प्रथमा! इतनी कम उम्र में चली गई। इतने छोटे-छोटे बच्चे छोड़ गई कि अब शायद बच्चों को भी उसकी याद नहीं रही।

प्रथमा नियमित रूप से उसे पोस्टकार्ड लिखा करती थी—श्रीचरणेषु—तुम कैसे हो? हम सब सकुशल हैं। सास जी पुरी जा रही हैं। उन्हें कुछ रुपए भेज दो। मेरा प्रणाम लेना।

स्कूली बच्चे की तरह सुलेख! बना-बनाकर लिखे गये अक्षर! पत्र की विषयवस्तु भी वैचित्र्यहीन!

हेमकाया की लिखावट पर उन्होंने कभी नज़र ही नहीं डाली। हेमकाया स्कूल की कॉपियाँ जाँचती थी! काफी मन लगाकर किताबें पढ़ती थी! 'अरण्यक' नामक किताब, उन्होंने कई बार उसके हाथ में देखी है!

"एक ही किताब तुम कितनी बार पढ़ती हो?"

"यह किताब मुझे पसन्द है!"

हेमकाया अख़बार भी पढ़ती थी और बाल-बच्चों से तुमुल बहस-मुबाहसे किया करती थी। राज्य, राजनीति, औरत की स्थिति, भोपाल गैस—वगैरह जाने कितने-कितने तर्क जारी रहते थे।

हेमकाया के लेटर-बॉक्स में नियमित रूप से ख़त आते थे। दूर्वा, लतू, रणो—हेमकाया सभी को ख़त लिखा करती थी। हेमकाया के लिए लिखने-पढ़ने की मेज दूर्वा ने ही बनवा दी थी। लिफाफा, पोस्टकार्ड, सफेद लिफाफे, डाक टिकट...सब अलग-अलग ख़ानों में भरे हुए! मेज़ पर एक टेबल-लैम्प रखा था! समय-समय पर जलता रहता था। हेमकाया लम्बे-लम्बे ख़त लिखा करती थी।

हेमकाया ने आज उन्हें भी ख़त लिखा था।

सफेद कागजों का पैड, जिस पर हेमकाया का नाम-पता छपा हुआ! यह सब रणो और दूर्वा ने ही किया है। हेमकाया बच्चों की तरह खुश हो गई थी। रणो ही उनके लिए चप्पल ख़रीद लाता था। उनके कपड़े-लत्ते दूर्वा लाती थी। हिमाद्रि ने क्या किसी दिन हेमकाया को कोई उपहार दिया? हाँ, हेमकाया उनके हर जन्मदिन पर कोई न कोई सौग़ात ज़रूर देती थीं।

इस वक्त ये सारी बातें क्यों याद आ रही हैं?

हिमाद्रि ने ख़त खोल लिया।

ख़ूबसूरत, तेज़-तेज़, साफ-साफ हर्फ़! ख़त में कोई सम्बोधन नहीं है। वैसे हेमकाया सम्बोधन भी कौन-सा करतीं? ना, उनसे 'श्रीचरणेषु' तो हरगिज नहीं लिखा जाता। उन्होंने तो किसी दिन प्रणाम भी नहीं किया। हाँ, हिमाद्रि की टाँगों में जब दर्द होता था, वे मालिश ज़रूर कर देती थीं।

'प्रियतमेषु' लिखना भी अवास्तविक होता। शर्त की बुनियाद पर विवाह हुआ था। हेमकाया बस, वह शर्त मानकर चल रही थीं। 'प्रियतमेषु' प्रथमा भी नहीं लिखती थीं। हिमाद्रि जैसे शख़्स को कोई अन्तरंग सम्बोधन देना, नितान्त कठिन था। वैसे उनकी ज़िन्दगी में एक अन्य औरत भी आई थी। वह लिखना-पढ़ना जानती ही नहीं थी। यह अचानक उसकी याद उन्हें क्यों आ गई?

छोटा-सा संक्षिप्त ख़त! हिमाद्रि, रणो नहीं थे कि उन्हें लम्बे-लम्बे ख़त लिखे जाएँ। बंगला में लम्बे-लम्बे ख़त! मोटे-मोटे लिफाफे!

"तुम बंगला में, इतना क्या लिखा करती हो?"

"रणो भी बंगला में ही लिखता है। उसे ही विस्तार से लिखकर बताती हूँ—मैंने क्या पकाया; कहाँ-कहाँ गई; हस्नूहाना के पौधे में फूल खिले या नहीं; कौन-कौन-सी किताबें पढ़ीं, कौन-कौन-सी फ़िल्में देखीं; विटामिन ले रही हूँ या नहीं..."

यह ख़त भी बंगला में ही लिखा हुआ था।

"मीलू को लेकर मैं जा रही हूँ। मीलू के लिए ही! अन्य कोई उपाय नहीं था। मीलू तो आत्महत्या के बारे में सोच रही थी। शाम के जश्न में, जो कुछ हो सकेगा, रणो और दूर्वा ही कर लेंगे। मीलू के लिए कोई सम्मानजनक इन्तज़ाम कर पाई, तभी वापस लौटूँगी, वर्ना नहीं लौटूँगी।"

हिमाद्रि की आँखों के सामने सारे अक्षर गोल-गोल नाच उठे। उनके जीवन में यह कैसी पुनरावृत्ति है? प्रथमा और मनोरमा! हेमकाया और मीलू! लेकिन... मीलू को क्या हुआ है? हेमकाया के लिए मीलू की सम्मान-रक्षा इतनी अहम क्यों हो उठी? उन्होंने तो मीलू के प्रति कोई अशोभन आचरण नहीं किया। उन्होंने तो कभी आँख उठाकर भी नहीं देखा कि उसकी सूरत-शक्ल कैसी है। हाँ, हेमकाया उसे ज़रूरत से ज़्यादा सहेजे रहती हैं, इसलिए कभी-कभी चिड़चिड़ा ज़रूर गए।

उन्होंने कहा भी, "वह तुम्हारी सगी बेटी तो है नहीं!"

हेमकाया ईषत् हँस पड़ीं, "सगी बेटी तो दूर्वा भी नहीं है—"

सारा कुछ बेहिसाब होता जा रहा है! कहीं, कोई अंक मिल नहीं रहा है। हेमकाया आज चली गई, वह भी मीलू के लिए? नहीं, हिसाब कहीं गड़बड़ है; कुछेक अंक मिल नहीं रहे हैं।

# 2

हेमक्राया को ब्याह लाने के पीछे भी पूरा-पूरा हिसाब-किताब था! उन दिनों वे शिक्षा-विभाग में संयुक्त सेक्रेटरी थे। बीवी मर जाए, तो किसी भी उम्र में बदहाली झेलनी पड़ती है। लेकिन दूसरी शादी करने में जोखिम भी अनगिनत हैं।

उन दिनों हिमाद्रि की सास भी कुछ दिनों उनकी गृहस्थी में आकर रही थीं। प्रथमा उनकी इकलौती बेटी थी, बाकी चार बेटे थे।

बेटे अपने-अपने जीवन में सुप्रतिष्ठित! बहू-बेटे-पोतियों से भरीपूरी गृहस्थी। कहना चाहिए, सास उस गृहस्थी की सम्राज्ञी थीं। बेटे माँ-माँ करते हुए गद्‌गद रहते थे। बहुएँ भी सास की बेहद आज्ञाकारिणी! ससुर किसी रईस घराने में घर-दामाद थे। सास के हाथ-पाँवों में छः-छः उँगलियाँ! ऑपरेशन के लिए गुरुदेव की तरफ से मनाही हो गई।

गुरुदेव का कहना था, ''पाँच उँगलियाँ तो हर किसी की होती हैं! तुम्हारी बचिया की छः-छः उँगलियाँ आखिर क्यों हैं? इसके पीछे ज़रूर परम पिता का कोई न कोई उद्देश्य है, समझे?'' जब वे सुहागिन थीं, वे अपनी सभी छः उँगलियों में अँगूठी पहना करती थीं। रतनचूड़ भी पहनती थीं। मकान उनका अपना था; फर्नीचर का कारोबार उनके पिता का था। आमडाँगा का जमीं-जमा भी उनके पिता का ही था। बुद्धिमती जननी ने बेटों को समझाया कि जब तक वे ज़िन्दा हैं, घर जस का तस रहेगा। जब वे नहीं रहेंगी, तो उनकी मौत के बाद, बेटों का जो मन हो, करें।

''मेरे चार-चार बेटे हैं, कमरे भी बारह हैं! अपने एक-एक बेटे को मैंने दो-दो कमरे भी दिए हैं।'' वे कहा करती थीं।

''और बाकी कमरे?''

''ख़ैर, तुम लोगों की बहन तो हिस्सा बँटाने आएगी नहीं। दामाद सिर्फ बड़े, सरकारी अफसर ही नहीं हैं, लैंसडाउन रोड पर उनके पिता के हाथों बनवाया हुआ निजी मकान भी है। वे भला किस नज़र से कमतर हैं?''

नहीं, हिमाद्रि शेखर की स्थिति भी किसी नज़र से कमतर नहीं थी। हालाँकि लैंसडाउनवाला वह मकान उन्होंने और नीलाद्रिशेखर ने मकान बेच डाला और उन्हें सरदार शंकर रोडवाली ज़मीन बड़े आसान दामों में मिल गई। उस ज़मीन का मालिक किसी मुसीबत में था, उसने अपनी ज़मीन बेच दी। उसी वक्त से वे अपने निजी मकान के गृहस्वामी बन गए। नहीं, वे उन अफसरों में नहीं थे, जो रिटायर होने से पहले घर नहीं बना पाते। इस वक्त की बात अलग है। आजकल तो नौकरिया जीवन में ही बहुतेरे लोग अपना निजी मकान खड़ा कर लेते हैं।

दस साल की उम्र में ही चिड़िया की तरह उसे सिखाया गया था कि विवाह

के लिए ही उसका जन्म हुआ है।

उसे यह पाठ बेलतला स्कूल में पढ़ाया गया था। चैत के महीने में सुबह-सवेरे माटी का शिव गढ़कर, उसे पूजा करना पड़ती थी। शिवरात्रि का व्रत पालन करना पड़ता था। लाल किनारीवाली साड़ी पहनकर, माटी की तरफ नज़रें गड़ाए, उसे स्कूल-बस में सवार होना पड़ता था।

घर में भी ख़ासी सख़्ती बरती जाती थी। हर वक्त उसे आँखों-आँखों में रखा जाता था। इन्हीं सबके बीच, हैरत है, बगल के घर के किसी किशोर ने उसे प्रेम-पत्र लिखकर, उस छत पर फेंका!

बस, उसके यहाँ घरवालों की विचार-सभा बैठ गई। आज उस लड़के ने प्रेम-पत्र लिखा है, कल उससे खिड़की पर खड़े होने को कहेगा। उसके बाद, शायद और भी बहुत कुछ होगा।

प्रथमा की माँ ने अपने बेटे-बहुओं से कहा, "और दिखाओ सनीमा? और दो आज़ादी? अरे, लड़कियाँ होती हैं रूप की डाली! रूप के बारे में माँ क्या करे? बस, बदनामी हुई नहीं कि समझो, हुआ सर्वनाश!"

प्रथमा को अपने घरवालों का तर्क समझ में ही नहीं आया। अब वह स्कूल क्यों नहीं जाएगी? घर में ही पढ़कर इम्तहान क्यों देगी? जितनी देर वह स्कूल में रहती थी, वही उसके लिए स्वर्ग था। अब उसे घर की क़ैद में क्यों रहना होगा?

प्रथमा ने कहा, "वह चिट्ठी मैंने तो नहीं लिखी, उस लड़के ने लिखी। इसके लिए मुझे क्यों घर में क़ैद किया जा रहा है?"

माँ ने जवाब दिया, "लिखाई-पढ़ाई तो विवाह के लिए करते हैं, बिटिया। घर में पढ़कर, क्या कोई परीक्षा नहीं देता?"

"अगर कोई लड़का उसे डाक से ख़त भेजे, तो तुम क्या करोगी, माँ?"

"देख, अशुभ बातें मत कर—"

"मैं स्कूल जाऊँगी। अगर नहीं जाने दिया गया, तो देखना, मैं क्या करती हूँ?"

वाकई, यह तो सर्वनाशी बात थी! अभी तो कुछ महीने भी नहीं गुज़रे! कई घर आगे, मोड़ के घर की बेटी, विनता ने छत से कूदकर आत्महत्या कर ली थी! लड़का गैर-बिरादरी था, उस पर से घर का टीचर, इसलिए विवाह में एतराज किया गया था। बेटी ने छत से कूदकर अपनी जान दे दी।

प्रथमा की माँ ने लम्बी उसाँस भरकर कहा, "चलो, ठीक है! जाओ स्कूल!"

प्रथमा की ज़िन्दगी में यही पहला और आखिरी विद्रोह था। बेलतला स्कूल से ही मैट्रिक, साउथ कैलकटा गर्ल्स कॉलेज से बी.ए.!

मैट्रिक पास करने के बाद ही यह ख़बर भी मिली कि किसी विवाह में,

हिमाद्रि के पिता ने प्रथमा को देखा था और वह उन्हें अपने बेटे के लिए पसन्द आ गई थी।

प्रथमा ने लतू से कहा, ''हमारे घराने में जो हमेशा से होता आया है। वही अब भी होगा, लतू!''

इस क़िस्म की बातें वह लतू से ही कह सकती थी।

प्रथमा की इकलौती मौसी! वे प्रथमा की माँ जैसी बिल्कुल नहीं थीं। सुना है कि प्रथमा की मौसी से जिनका विवाह हुआ था, वे स्वदेशी करते थे। वे घर-दामाद बनने को राज़ी नहीं हुए। वे खुद भी जमींदार घराने के बेटे थे, लेकिन उन्होंने पिता की ज़मीन-जायदाद से भी कुछ नहीं लिया। जिस शख़्स ने अपने ससुर या बाप की जायदाद क़बूल नहीं की, ऐसा लड़का भीख ही माँगेगा। इसमें किसी को कोई सन्देह नहीं रहा!

लेकिन हैरत है, उन्होंने भीख भी नहीं माँगी। उन्होंने टीचर की भूमिका अपनाई और अपनी बीवी को पढ़ा-पढ़ाकर मैट्रिक पास कराया। उसके बाद बांकुड़ा में उन्होंने लड़कियों का एक स्कूल खोल लिया।

सबने छिः छिः किया।

''चन्दा उगाहकर, भीख माँग-माँगकर लड़कियों का स्कूल बना लिया? बीवी भी हद बुद्धू है! अपने तन-बदन के सारे गहने उतारकर दे दिए।''

प्रथमा हमेशा से अपनी छोटी मौसी को देखती आई थी। वे लोग स्कूल के करीब ही, छोटे-से घर में रहते थे। मौसी खुद भी स्कूल में पढ़ाती थीं। उन लोगों के पास गाय थी, सब्जियों का बागान था। मौसी और मौसा 'छोटी जात' के लोगों की तरह मिट्टी खोदकर बराबर करते थे; दूध दूहते थे! दोनों में काफी मेलजोल था। वहाँ के लोग-बाग भी उन दोनों की काफी श्रद्धा-भक्ति करते थे।

उन्हीं के बेटे ने ऐसा अद्भुत काम कर दिखाया, जो प्रथमा के खानदान में कभी, किसी ने नहीं किया। उसने एक लड़की को गाते सुना, बस, वह उसकी आँखों में बस गई। उससे प्यार मुहब्बत हुआ और उसने उसी से विवाह भी कर लिया।

प्रथमा ने अपनी मौसी को नहीं देखा, मौसा को भी नहीं देखा। लेकिन अपने मौसेरे भाई-भाभी को ज़रूर देखा था। वे दोनों प्रथमा के घर आया-जाया करते थे। इसी भाभी की बहन, लतू, डॉक्टरी पढ़ने के लिए कलकत्ता आई।

भाभी ने कहा, ''लतू आती-जाती रहेगी।''

''लेकिन वह तो...पहचानती भी नहीं...''

''नहीं, बस, आप लोगों के बारे में सुन-सुनकर ही...''

''डॉक्टर बनेगी?''

''भाई लोगों ने तो पढ़ाई की नहीं! मेरे बापू डॉक्टर हैं, लतू भी डॉक्टर

बनेगी! लेकिन, आप फिक्र ना करें। लतू ऐसी लड़की है कि सिर पर ही सवार रहती है। पत्थर को भी बोलने को लाचार कर देती है।''

सचमुच, लतू इस घर में, मानों तूफानी झोंके की तरह दाखिल हुई!

उसने आते ही प्रथमा की माँ के सामने ऐलान किया, ''भई, मैं सबको 'तुम' ही कहूँगी। कोई गुस्सा मत होना।''

वैसे कोई गुस्सा होता भी, तो क्या वह सुननेवाली लड़की थी? उसी ने प्रथमा की माँ को किसी बड़े डॉक्टर को दिखाया, उनकी आँखों का इलाज कराया। प्रथमा के भाई को बेटा जब टायफायड का शिकार हुआ, तो उसी ने दिन-रात उसकी सेवा की। वह जब भी आती थी, ढेर सारी मिठाइयाँ और फल भी अपने साथ लाती थी।

प्रथमा की माँ भी पिघलकर गद्‌गद हो आईं।

लेकिन वे बात सुनाने का मौका कभी नहीं छोड़ती थीं। वे तो हमेशा से ही लोगों की बातें सुनाती आई थीं और लोग सुनते थे। लेकिन लतू पट-पट जवाब दे डालती थी!

''तेरा बियाह नहीं होगा, री, लतू! तू जैसी मर्दमार भई है...''

''तुम्हारी बेटी का ब्याह तो हो जाएगा न?''

''हाय मइयो, उसका बियाह तो जाने कब्ब ही हो गया होता। लेकिन दामाद बी.ए. पास लड़की चाहता है।''

''जानती हूँ! जानती हूँ तुम्हारे दामाद को...''

''कैसा लड़का है, बता?''

''शक्ल-सूरत से बिल्कुल भी अच्छा नहीं है! मुँहफुल्ला है और खर-दिमाग़ है।''

''हाँ, मर्द को तो ऐसा ही होना चाहिए।''

''अच्छा, मैं कैसी लड़की हूँ, जी?''

''वही, मर्दमार मार्का लड़की–''

''तुम भी न, क्या बात करती हो...!''

''अरे, डॉक्टरी करना, क्या लड़की जात को शोभा देता है? अपनी दीदी को ही देख! कितनी निपुणता से अपनी घर-गृहस्थी चला रही है।''

''हाँ, गाना भी गाती है!''

''तेरी माँ तुझे कुछ नहीं कहती?''

''बिल्कुल भी नहीं! मेरी माँ तो मुझे देख-देखकर काफी खुश होती है–''

''मेरी बहिन ने अगर तेरी दीदी से अपने बेटे का ब्याह न किया होता, तो बेहतर था।''

लतू हँसते-हँसते एकदम से लोट-पोट हो जाती थी।

"भला वह ब्याह के लिए राजी होती, मौसी? वह तो दीदी का गाना सुनकर, तुम्हारा ही भतीजा..."

"सुना है, तेरे बाप के पास अथाह दौलत है..."

"बप्पा तो बेभाव खुश हैं। बप्पा तो कहते हैं कि बेटी को जिस-तिस के सामने बैठाऊँ, वे लोग देखें, यह मुझे बिल्कुल पसन्द नहीं है।"

"यानी तुम भी देख-सुनकर ही अपना ब्याह करोगी?"

"भइया से तो यह हुआ नहीं! बप्पा की ऐसी जमी-जमाई प्रैक्टिस! वे ऐसे डॉक्टर हैं...मैं भी डॉक्टरी पढ़ रही हूँ, इसलिए वे बेभाव खुश हैं!"

"अब जो भी हो, बिटिया, बियाह ही असली बात है! मेरी प्रथमा को ही लो! बिल्कुल लक्ष्मी बिटिया है! बी.ए. पढ़ रही है, दामाद किसी पढ़ी-लिखी लड़की से बियाह करना चाहते हैं–"

वैसे लतू का अपने घर आना-जाना न तो माँ को पसन्द था, न बड़े भइया को! लेकिन वह रिश्तेदार थी। यहाँ आती-जाती है; खाती-पीती है। बाप बर्दवान में रहते हैं। कलकत्ता के किसी होस्टल में रहकर वह डॉक्टरी की पढ़ाई कर रही है। उसके आने-जाने पर रोक भी तो नहीं लगाई जा सकती? कुछ कहा भी तो नहीं जा सकता।

लेकिन लतू का आना-जाना प्रथमा को बेहद पसन्द था। कितनी आज़ाद है लतू! सखी-सहेलियों के साथ सिनेमा देखने जाती है; सैर-सपाटे को निकल जाती है। ट्राम-बसों में घूमती-फिरती है। मर्द सहपाठियों के साथ डॉक्टरी पढ़ती है। कैसी अनोखी और अलग-थलग ज़िन्दगी है!

लतू ने पूछा, "यह मैं क्या सुन रही हूँ री, प्रथमा?"

"क्या सुना है?"

"तेरा दूल्हा बी.ए. पास लड़की चाहता है।"

"सुन तो लिया–"

"इसीलिए मौसी तुझे पढ़ा रही हैं?"

"क्यों? लिखना-पढ़ना क्या बुरी बात है?"

"तेरा भावी दूल्हा कैसा मर्द है भला? तुझे बी.ए. पास तो वे भी करा सकते थे?"

"अब इसमें मैं क्या कहूँ, बता?"

"इस ब्याह में तेरी मर्जी भी शामिल है?"

"मुझे पता नहीं, बहना!"

"सच्ची! तेरा घर न अजीब..."

"मुझ जैसी लड़की, ब्याह के अलावा और क्या कर सकती है?"

"यही तो बात है, प्रथमा!"

"भई, मुझसे पूछकर तो विवाह तय नहीं किया गया। इसके अलावा ... भइया लोगों का कहना है, लड़का बहोत भला है।"

"न्ना, इस देश का कुछ नहीं बनेगा। भई, तेरी इच्छा-अनिच्छा क्या कुछ भी नहीं है?"

"तू मेरी माँ को तो जानती ही है। जब तक बप्पा ज़िन्दा थे, वे भी उनसे खौफ़ खाते थे। माँ ने जब फैसला कर लिया, तो...। वैसे भी माँ कोई जान-बूझकर तो मेरा नुकसान करेंगी नहीं।"

"पता नहीं! मौसी ने भी तुझे मोम की गुड़िया बनाकर रखा है। हिमाद्रि बाबू भी एक अदद गुड़िया ही चाहते हैं।"

"देख न, छोटी मौसी ने कितना-कितना इसरार किया, मगर उन्होंने मुझे बांकुड़ा नहीं जाने दिया। बहाना यह बनाया कि वह गर्म देश है, मेरा रंग जल जाएगा; बाल झर जाएँगे और तब ब्याह नहीं होगा।"

"ब्याह होना है, यह तुझे भला लगता है?"

"कम से कम यहाँ से तो छुटकारा मिलेगा—"

"लेकिन मुझे लग रहा है कि तू एक पिंजरे से दूसरे पिंजरे में क़ैद होने जा रही है।"

बहरहाल, आगामी दिनों में लतू के मन्तव्य का अक्षर-अक्षर भले न मिला हो, लेकिन कमोबेश वही हुआ।

हिमाद्रि और उनकी सास एक-दूसरे के मन-मुताबिक साबित हुए।

औरत का जन्म विवाह के लिए ही हुआ है, इस बारे में दोनों एकमत थे।

हिमाद्रि की राय में सास का ख्याल 'गँवारू' था, मगर उन्हें अपनी राय काफी ममताभरी लगी। औरत का समूचा व्यक्तित्व ही रमणीय होता है। मर्द के आश्रय बिना, भला वह ज़िन्दा रह रहती है?

सास का ख्याल था, मैट्रिक का मतलब है, उच्च शिक्षा!

हिमाद्रि की राय में ग्रेजुएशन को ही उच्च शिक्षा कहते हैं, क्योंकि माँ अगर शिक्षित न हो, तो उसके बच्चे लिख-पढ़ नहीं सकते। सास समझती थीं कि लड़की पर लगाम ढीली की नहीं कि वह जहन्नुम में चली जाएगी।

हिमाद्रि का ख़्याल था, औरत 'हॉट हाउस' में पाली-पोसी जाने लायक खूबसूरत फूल है। औरतों को बाहरी दुनिया के कुत्सित, बेअदबी और बिलिल्लेयन से बचाना ज़रूरी है।

लतू के बारे में सास का ख़्याल था कि उस लड़की को अगर यहाँ गाड़ दिया जाए, तो उसकी जड़ें वर्धमान तक पहुँचकर, पेड़ बन जाएँगी।

हिमाद्रि समझते थे कि लतू आज के ज़माने की लड़की है! आज के समाज में जिसकी ज़रूरत है वह वैसी आज़ाद-ख़्याल औरत है।

उन्होंने लतू से खासा मेलजोल बढ़ाने की भी कोशिश की थी।

उन्होंने लतू से कहा था, "मैं तुम्हारा समर्थन करता हूँ, लतू। मैं पुरातनपन्थी नहीं हूँ। पढ़ा-लिखा हूँ! इसलिए, आज़ाद ख़्याल हूँ। तुम्हें मैं..."

"तो मुझसे भी ब्याह कर लें न!"

"ब्याह?"

"क्यों? कोई, क्या दो-दो ब्याह नहीं करता? एक बीवी घर में रहेगी, दूसरी संग-संग बाहर आया-जाया करेगी?"

"छिः, लतू, छिः!"

"आईने में अपनी सूरत देखी है? लालटेन की तरह लटका हुआ चेहरा! सिर लगभग गंजा होने की कगार पर..."

हिमाद्रि के विवाह में काफी धूमधाम रही। उस ज़माने में केटरर का चलन शुरू नहीं हुआ था। उस विवाह में दूल्हे को फूलों के झूले में बिठाया गया और प्रीति-भोज में दुल्हन को फूलों से निर्मित मयूर-सिंहासन पर बिठाया गया।

उस ज़माने में सुहागरात, ब्याह से पहले, हल्दी चढ़ाने के दिन, सौगात में खीर की मछली, बूढ़े-बूढ़ी की आकृतियाँ भेजने का प्रचलन था। रौशनचौकी बैठती थी, शहनाईवादक शहनाई बजाते थे। दोनों घरों में गलीचे के आसन पर बिठाकर मेहमानों को भोज कराया गया।

लतू के अलावा, और किसी ने भी प्रथमा से सवाल नहीं किया, "प्रथमा, तुझे डर तो नहीं लग रहा है?"

लतू के अलावा, प्रथमा ने और किसी को भी नहीं बताया, "बेहद डर लग रहा है। ये लोग कैसे आँखें फाड़-फाड़कर ताक रहे हैं! कोई पूछ रहा है—यह पलंग क्या दुल्हन की दादी का है? पॉलिश चढ़ाकर, दहेज में दे डाला?"

"छिः छिः"

"क्या होगा, लतू?"

प्रथमा की किसी जेठानी ने फिकरा कसा, "चाहे कोई सरकारी अफसर हो या आर्किटेक्ट हो, इस घर के मर्द विवाह करके, अपनी माँ के लिए दासी ही लाते हैं।"

लतू ने फौरन सवाल दागा, "अगर इतने ही कन्ज़रवेटिव हैं, तो पढ़ी-लिखी लड़की क्यों चाहते हैं?"

"अब इतना-सा भी न दिखाएँ, तो काम नहीं चलता! अरे, भई, बाल-बच्चों को अच्छा रिजल्ट जो करना होता है।"

"उसके बाद?"

"लड़कियाँ ससुराल चली जाएँगी! मर्द अपना कैरियर शुरू कर देंगे। प्रथमा तो तकदीरवाली है! पति के साथ देश-विदेश घूमा करेगी।"

अपने पहले विवाह के समय कलकत्ता में ही रहते थे। घर के नियम मुताबिक, नई दुल्हन पर पहले पान, चाय-नाश्ते की जिम्मेदारी सौंप दी गई।

बड़ी जेठानी ने कहा, "तेरी तो क़िस्मत बुलन्द है, बहना! आजकल पावरोटी, मक्खन, जैम का चलन है। मेरे ज़माने में तो गड्डी-गड्डी पूड़ी-पराँठे का रिवाज था। एक भी पराँठा अगर टेढ़ा-मेढ़ा होता, तो सास जी रुला मारती थीं।"

प्रथमा को लगा, हर मामले में यह घर उसके पीहर की तरह ही है। उसी तरह माप-जोखकर चलो-फिरो! नाप-जोखकर हँसो, दोपहर को सो जाओ—जिसे कहते हैं ब्यूटी-स्लीप! धूप मत खाओ, पार्क में बच्चों का खेल देखने के लिए, बाहर बरामदे में मत खड़ी हो।

वैसे क्या कहीं, कोई फर्क़ नहीं है? अलबत् फर्क़ है। पीहर में तो उसने कभी सब्जी-तरकारी काटी नहीं। इसलिए कि उँगलियों में उसका रस लग जाएगा। उसने कभी खाना भी नहीं पकाया, इसलिए कि आँच में उसके चेहरे का रंग मुरझा जाएगा। लेकिन, यहाँ तो तर-तरकारी काटो, चाय बनाओ, रोटी सेंको!

और हिमाद्रि के कपड़े-लत्ते इस्त्री करो। उनकी तो अगर बनियान भी इस्त्री की हुई न हो, तो वे नहीं पहनते थे। बाहर से उनके लौटने के पहले ही, प्रथमा को बाल सँवारकर, साड़ी बदलकर, सज-धजकर तैयार रहना होता था। रात को मर्द लोग पहले खाते थे, औरतें बाद में! इसी किस्म के कई छुटपुट फर्क़!

लेकिन, हाँ, हिमाद्रि की जान ज़रूर बीवी में ही बसती थी! इसीलिए प्रथमा रात गुज़ारने के लिए, अपने पीहर भी नहीं जा सकती थी।

हिमाद्रि ने ही एक दिन बात छेड़ी, "आजकल तुम्हारा चेहरा उतना हँसता-खिलखिलाता नज़र नहीं आता।"

"मैं तो वहाँ भी ज़्यादा हँसती-खिलखिलाती नहीं थी।"

"लेकिन अब तो हँसा करो, भई! हमारा सेक्रेटरी भी कह रहा था, तुम्हारी बीवी बहुत कम बोलती है।"

"अब से बोला करूँगी।"

"हाँ, देखो न, लतू कितनी चटपट और फुर्तीली है।"

"लतू बिल्कुल अलग किस्म की जीव है।"

"उसे यहाँ आने को कहो न!"

“कह दूँगी! लेकिन वह आएगी या नहीं, पता नहीं—”

“आएगी क्यों नहीं?”

“उसे शायद अच्छा नहीं लगता। वह तो अपनी मर्जी की मालिक है। किसी दिन भी वह किसी की नहीं सुनती।”

इसी तरह चलता रहा। प्रथमा का जीवन गुज़रता रहा। लेकिन ब्याह के दो साल गुज़रते-न-गुज़रते, परिवार के सभी लोग उसके लिए चिन्तित हो उठे। वह भी भला कोई औरत है, जिसका विवाह न हो? वह ब्याह भला कोई ब्याह होता है, अगर दुल्हन जल्दी से माँ न बने? पढ़ी-लिखी लड़की से विवाह करने का उद्देश्य तो एक ही होता है, वह अपनी सन्तान की शिक्षा की जिम्मेदारी लेगी। बच्चे अपनी माँ से ही बेहतर सीखते-पढ़ते हैं। यह सब हिमाद्रि के अन्दर बसे आधुनिक मन के ख़्याल थे।

अब हिमाद्रि को अचानक अन्देशा होने लगा कि प्रथमा से विवाह करके, उन्होंने धोखा खाया है। यह बात हिमाद्रि से बेहतर और कौन जानता था कि वे नपुंसक या नामर्द नहीं हैं।

लतू ने कहा, “इसमें इतनी फिक्र की क्या बात है? प्रथमा को डॉक्टर के यहाँ मैं ले जाऊँगी।”

“किसी मर्द डॉक्टर के यहाँ?”

“आप न, निपट खिचड़ी हैं, खिचड़ी! चलो, ठीक है, उसे कोई महिला डॉक्टर ही देखेगी। लेकिन, फर्ज़ करें, उसमें कोई दोष नहीं निकला, तो आप भी अपनी डॉक्टरी जाँच कराएँगे न?”

“अच्छा? मज़ाक सूझ रहा है?”

“आपसे तो मज़ाक का रिश्ता ख़ैर है ही! मेरी दीदी, उसकी मौसेरी भाभी है! इस तरह रिश्ते में, मैं आपकी साली हूँ।”

“देखो, अब कुछ करो!”

इधर प्रथमा खुद भी अपने को अभागी मानने लगी थी। सन्तानहीन औरत, फलहीन पेड़ कही जाती है!

लतू ने कहा, “ढेर-ढेर बंगला फिल्में देखती है और टसुए बहानेवाले, उदास-उदास किस्से-कहानियाँ पढ़ती है। तेरा दिमाग़ तो बिल्कुल ही चल गया है! यह सन् 1950 है, जनाब! दुनिया तेजी से आगे बढ़ रही है...”

प्रथमा ने बेहद क़ातर निगाहों से उसे देखा। वक्त तेज़ी से आगे बढ़ रहा है?

यह मकान सन् 1911 में तैयार किया गया था। सबकुछ वहीं तो ठहरा हुआ है! ये लोग औरत को कोई मोल नहीं देते, उनको कोई अहमियत भी नहीं देते। मेघाद्रिशेखर, नीलाद्रिशेखर, हिमाद्रिशेखर—बेटों को लेकर ही यह मकान खड़ा

हुआ है। मेघाद्रि अगर आर्किटेक्ट बन गए, तो नीलाद्रि और हिमाद्रि, सरकारी अफसर! परायी औरत को बीवी बनाकर इसलिए लाते हैं कि पुत्र-प्राप्ति हो!

लतू ने प्रथमा से ही सवाल किया, "तू इस क़दर डर क्यों रही है?"

"अगर उन्होंने दूसरा ब्याह रचा लिया, तो?"

"सरकारी अफसर हैं न? हिन्दू मैरेज ऐक्ट पास हो चुका है न? कोर्ट में अगर मुकदमा ठोंक दिया, तो उनकी नाक नहीं कटेगी?"

"ऐसी बात मत कर, बहना!"

"चल, डॉक्टर के यहाँ चलते हैं अब—"

ना! प्रथमा के देह-यन्त्र में कहीं, कोई दोष नहीं था। बच्चा पैदा करने में, उसकी तरफ से कहीं, कोई रुकावट नहीं थी।

हिमाद्रि ने कहा, "तब बच्चा क्यों नहीं हो रहा है?"

जवाब लतू ने दिया, "आप भी ज़रा डॉक्टर तक हो आएँ न!"

"इसकी...ज़रूरत...नहीं है।"

ज़रूरत क्यों नहीं है, इसकी व्याख्या उन्होंने नहीं की।

प्रथमा की माँ ने कहा, "ठाकुर देवता, गण्डा-तावीज़, जन्तर-कवच करने से बच्चा नहीं होगा?"

प्रथमा ने जवाब दिया, "कहाँ होता है? तुम्हारे भाई को हुआ था? उसने तो दो-दो बार ब्याह रचाया था।"

"तेरी तो जुबान अब कतरनी की तरह चलने लगी है—"

"तुमने बात छेड़ी, तो मैंने भी एक बात पूछ ली," अब वह लतू की तरफ मुखातिब हुई, "उससे कहो, वह एक और विवाह कर ले।"

उन दिनों हिमाद्रि अपने प्रमोशन के करीब था।

उसके सहकर्मियों ने कहा, "हिन्दू कानून में दूसरा विवाह एक गुनाह है। हाँ, तलाक ज़रूर दे सकते हो।"

तलाक? पहली बात तो यह है कि यह 'तलाक' शब्द ही असहनीय है। इसके अलावा तलाक दे दिया, तो बीवी भी पुनर्विवाह कर सकती है।

लतू ने कहा, "ऐसा करें, आप तलाक ही दे दें, जनाब! प्रथमा को ले जाकर, मैं उसकी छोटी मौसी के यहाँ छोड़ आती हूँ। वहाँ वह इन्सान बन जाएगी। या कहें, तो मैं अपनी दीदी के यहाँ उसे रख आऊँ—"

"हाँ, हाँ, चारों तरफ लोग बदनामी करते फिरें।"

इस तरह बदनामी या थू-थू के डर से हिमाद्रि, अपनी बीवी के जीते-जी दूसरा विवाह नहीं कर पाए, न ही तलाक दे पाए।

बहरहाल, उनके त्राणकर्ता बनकर, प्रथमा के बड़े भाई आ पहुँचे। वे हिमाद्रि

को बांकुड़ा से सोनामुखी ले गए। वहाँ उनके कुलगुरु रहते थे। उनकी हर गणना अचूक थी! गुरु जी ने उन दोनों को अपने आश्रम में चार दिन रोके रखा! उन्होंने कई-कई बार हिमाद्रि की जन्मपत्री पर विचार किया। उसके बाद सारी बात पानी की तरह साफ़-साफ़ बता दी।

"तुम तो पुत्रहीन नहीं हो, बेटा! किसी शूद्र औरत की कोख से एक सन्तान हुई तो थी–"

"उसे महज एक पदस्खलन कह सकते हैं!"

"वे दोनों क्या अभी विद्यमान हैं?"

"नहीं, उसे रुपए-पैसे देकर..."

हिमाद्रि को अभी भी मनोरमा की याद आती है! मनोरमा उन्हें आकृष्ट करती थी; उत्तेजित करती थी।

प्रथमा तो मानो गुड़िया हो। वह उन्हें उत्तेजित नहीं कर पाती, यह बात क्या कही जा सकती है?

"खैर, इस विवाह से भी बच्चे ज़रूर होंगे और काफी लायक होंगे और नाम भी कमाएँगे। लेकिन अभी वक्त नहीं आया। अभी कुछेक साल...जिसे कहते हैं..."

हिमाद्रि एक कवच धारण करके लौट आए।

प्रथमा को घोर विस्मय में डालते हुए, हिमाद्रि ने कहा, "दार्जिलिंग में मेरी बदली हो रही है। तुम्हें भी ले चलूँगा।"

"दार्जिलिंग?"

"हाँ, दो साल के लिए! उसके बाद, कूचबिहार या बहरामपुर, सिउड़ी या बारासात, यह नहीं पता।"

ख़ैर, दार्जिलिंग की जगह मालदह बदली हुई! प्रथमा तो बस, बाहर निकल पाने का मौका पाकर ही खुश थी! वहाँ ससुराल या मायके का निषेध-बन्धन तो नहीं होगा। सिर्फ वे दोनों प्राणी होंगे! पति और वह! सिर्फ दो जन!

ट्रेन में सवार होते ही प्रथमा ने पूछा, "तुम तो अपने ऑफिस में जमे रहोगे। मैं क्या करूँगी?"

"भई, सामाजिक जीवन होगा! लोग-बाग़ आते-जाते रहेंगे। अच्छा, सुनो, तुम समोसे-निमकी तो बना सकती हो न?"

"कभी बनाया तो नहीं–"

"सीख लेना, भई, सीख लेना! फर्ज़ करो, घर पर मैजिस्ट्रेट साहब आएँ या एस.पी....अगर तुम उन्हें खिला-पिलाकर खुश कर सको तो मेरा भला होगा।"

कुछ ही महीनों बाद, प्रथमा ने लतू को ख़त लिखा–"पहले तो यह कहा

कि बी.ए. पास बीवी चाहिए ताकि बेटे-बेटी अच्छी तरह लिख-पढ़ सकें। ख़ैर, किताबें वगैरह तो मैं ले ही आई हूँ। अब तो कुछ भी याद नहीं है! इतिहास, राजनीति वगैरह दुबारा पढ़ रही हूँ। जाने कब तो मैं माँ बनूँ, तब अपने बच्चों को भी लिखा-पढ़ा सकूँ। अब जनाब का कहना है कि समोसे-कचौड़ी, निमकी, गजा मिठाई, चाय-कटलेट बनाना सीख लो, यह बेहद ज़रूरी है। सो, अब मैं नारी समिति की बेला'दी से पाक-विज्ञान के सबक़ ले रही हूँ।

इसके अलावा माली से बागवानी भी सीख रही हूँ। पहले यहाँ जो हाकिम थे, उन्हें बाग़-बगीचे पसन्द नहीं थे। मुझे बागवानी करना बेहद भला लगता है! पौधे रोपने में मुझे बेहद मजा आता है। मैजिस्ट्रेट साहब की बीवी, मिसेज़ आयंगर कहती हैं कि मेरी उँगलियों में जादू है! पहली बार मैं खुद ऐसा कुछ कर रही हूँ, जो मुझे भला लग रहा है।''

अगले ख़त में उसने, लतू को लिखा–''लतू, सुनो, सुनो, मेरे पौधों में मैगनोलिया, ग्रैंडिफेलोरा के फूल खिले हैं। फूलों की तस्वीर भी साथ में भेज रही हूँ। आजकल तो हिमाद्रि भी काफी खुश-खुश नज़र आते हैं और कुछ-कुछ गर्वित भी! क्योंकि उन्हें मालूम नहीं था कि बाग़ लगाने से अफसरों में सुनाम होता है!''

प्रथमा की ज़िन्दगी में फूलों की बागवानी, एक ऐसा वाकया था, जिसमें उसे एक स्वतन्त्र व्यक्तित्व का सुराग मिला। कलकत्ता में भी उसने छत पर बगान सजा लिया था। उसके डालिया के फूल, प्रदर्शनी में पुरस्कृत भी हुए। वैसे वह कलकत्ता के बजाय बारासात वापट लौट आई। वहाँ उनका अलग बंगला था, जो काफी विशाल अहाते में फैला हुआ था। हिमाद्रिशेखर प्रथमा के लिए 'दो बहनें' नामक किताब ख़रीद लाए।

''गार्डेनिंग पर किताब है। पढ़ देखो!'' उन्होंने कहा।

''पढ़ चुकी हूँ।''

''मैंने भी पढ़ी है, मगर अब सब-कुछ भूल-भुला गया।''

''फुर्सत मिले, तो दुबारा पढ़ डालो।''

ख़ैर, हिमाद्रि को इसकी फुर्सत कभी नहीं मिली। विवाह के बारह साल बाद, माँ को बिना कोई कष्ट-तकलीफ दिए, रणजय पैदा हुआ। लतू तब तक प्रतिष्ठित डॉक्टर बन चुकी थी।

लतू ने कहा, ''देख, प्रथमा, बेबी कितना प्यारा है।''

''चलो, जान बची! वह बेटा ही चाहता था।''

इतने अर्से बाद सन्तान! वह भी बेटा! प्रत्याशित भाव से ही काफी धूमधाम से बेटे का अन्नप्राशन हुआ! सन् 1964 में दुनिया बेशक, काफी आगे बढ़ चुकी थी! यह ख़बर सिर्फ प्रथमा की ससुराल तक ही नहीं पहुँची। सोनामुखी के गुरुदेव

को, गाड़ी में बिठाकर, उनके यहाँ लाया गया। उन्होंने कई मीटर लम्बी, बच्चे की जन्मपत्री तैयार कर डाली।

हिमाद्रि ने प्रथमा को एक हार नज़र किया।

प्रथमा ने पूछा, ''यह क्या बेटा देने के लिए, उसकी माँ को बख्शीस है?''

''नहीं, यह कृतज्ञता है, मेरी वंश-रक्षा के लिए!''

''मनोरमा को तुमने क्या दिया था, जो?''

''मनोरमा? यह कौन है?''

''उसे भी तो बेटा हुआ था–''

''किसने? यह बात तुमसे किसने कही?''

''तुम्हारी भाभियाँ ही आपस में बातें किया करती थीं। सालों पहले सुनी थीं मैंने–''

''ख़ैर, छोड़ो यह बात–''

''हाँ, चलो, मैं भी ज़रा सो लूँ।''

लतू ने जब यह बात सुनी, वह अवाक् रह गई।

''तुमने तो मुझे ताज्जुब में डाल दिया, प्रथमा! यह बात कहने की तुम हिम्मत कर सकीं?''

''बारह सालों से सुनती आ रही हूँ कि रणो के पापा नामर्द नहीं हैं। इसका सबूत है, मनोरमा का बेटा!''

''वह कौन है? कहाँ रहती है?''

''सुना है, वह उनके चपरासी की बहन थी। घर में काम करती थी! उसे शायद कुछ रुपए-पैसे टिका दिए थे। मुझे क्या पता, वह कहाँ रहती है?''

''यह कहते हुए, तुम्हें डर नहीं लगा?''

''पहले का ज़माना होता, तो शायद डर लगता। अब, इतने सालों बाद, डर वर नहीं लगता।''

हुआ यह कि बेटा दो साल का होते-न-होते, प्रथमा ने ज़िद पकड़ ली, वह कलकत्ता में रहेगी। कलकत्ता में न रही, तो बेटे के लिए डॉक्टर मिलने, उसे स्कूल भेजने में परेशानी होगी।

''हम सबने तो शिक्षा की शुरुआत माँ की गोद से की थी–''

''मैं शायद ऐसी माँ नहीं हूँ।''

उन्हीं दिनों या साल-भर के अन्दर मेघाद्रिशेखर का इन्तकाल हो गया। उसके बाद लैंसडाउनवाला मकान बेचकर, हिमाद्रि और नीलाद्रि ने सरदार शंकर रोड पर, अपना अलग-अलग मकान बनवा लिया। मेघाद्रि की बीवी अपने बाल-बच्चों समेत, अपने हिस्से के नक़द रुपए लेकर पीहर जा बसीं। अन्त में

सास जी हिमाद्रि के ही हिस्से में आ पड़ीं।

प्रथमा ने कहा, "अब वे आज इसके हिस्से में, कल उसके हिस्से में क्या बँटेंगी? उन्हें मेरे पास ही रहने दें।"

लेकिन उनके पास रहीं, तो क्या फ़र्क पड़ा? बेटे के नहाने-खिलाने में सास का हस्तक्षेप सख़्ती से निषिद्ध कर दिया गया। उसके बाद, कुछ दिनों चीख-चिल्लाहट जारी रही, कुछ दिनों अनाहार का दौर चला। अन्त में बेटे से, बहू के खिलाफ नालिश कर डाली।

कोई ख़ास सुविधा नहीं हुई। वह मकान बेचने के साथ-साथ, पुराने नियम-क़ानून भी ख़त्म हो गए। अब दोनों ही घरों की बहुएँ आज़ाद ढंग से घूमने-फिरने लगीं। प्रथमा खूब मन लगाकर बागवानी में रम गईं। नीलाद्रि की बेटी अपने लम्बे-लम्बे बाल कटाकर, काकी को दिखाने के लिए हाज़िर हुई।

उसे देखते ही सास जी को तो मानों गश आ गया।

हिमाद्रि ने मन्तव्य दिया, "स्मार्ट लग रही है–"

दादी ने सवाल किया, "यह बुद्धि किसने दी?"

"बुद्धि कौन देता? मैं खुद ही बाल कटाने चली गई–"

"हाय राम! अब ब्याह कैसे होगा?"

"खुद ही देख लेना! अरे, दादी, ज़रा आगे बढ़ना सीखो! वक़्त अब बदल गया है।"

"तेरी माँ ने कुछ नहीं कहा? कोई उज्र-आपत्ति नहीं की?"

"माँ को इतनी फुर्सत कहाँ है? आजकल माँ रसोई-क्लास में जाने लगी है–"

"वक्त को आखिर हो क्या गया है?"

गणित में ऑनर्स की पढ़ाई करनेवाली, तेज-तर्रार पोती ने जवाब दिया, "उस घर का नाम था–उन्नीसवीं सदी! उस ज़माने का नियम-क़ानून अब नहीं चलनेवाला।"

"मेरे बेटों को क्या हुआ है? वे लोग यह सब कैसे बर्दाश्त कर रहे हैं?"

"अगर सहें नहीं, तो और क्या करें? इसके अलावा काकी ने बागवानी शुरू कर दी है, माँ देश-विदेशों की रसोई सीख रही है। वे सब क्या गुनाह कर रही हैं?

"देख, फालतू बकवास मत कर।"

अन्त में सास जी ठाकुर-घर की शरण में चली गईं।

लतू ने कहा, "सुनिए, अब आप पूजा पाठ में मन लगाएँ। सुबह-सवेरे लेक में टहलने के लिए निकल जाया करें, तला खाना, घी-मिठाई कम खाएँ, देखिएगा, आप सेंचुरी मार देंगी।"

"तुमने भी तो, बिटिया, ब्याह नहीं किया–"

"ब्याह करने लायक, कोई बन्दा जो नहीं मिला–"

"इसीलिए कहती हूँ, इतनी पढ़ी-लिखी अगर नहीं होती, तो..."

"इतनी पढ़ाई कहाँ की! पापा का इन्तकाल हो गया; विलायत जाने से रह गई! अभी तो प्रैक्टिस भी शुरू नहीं की। हेल्थ-सर्विस कर रही हूँ! अब, हम अपनी क्लिनिक खोलेंगे–"

"यह सब मर्दों को ही करने दो न, बिटिया!"

लतू ने मीठी-सी मुस्कान बिखेरते हुए कहा, "मुझे पता था, आप यही कहेंगी। लेकिन हमारी क्लिनिक से आप लोगों के इलाज में कितनी सहूलियत होगी, कभी यह भी सोचा है?"

प्रथमा ने कहा, "चलो, देखो तो सही, मेरी बगिया में लताओं के कैसे झुमके खिले हैं!"

"बगान में बैठने की फुर्सत मिल जाती है?"

"रणो को लिए-दिए बैठती तो हूँ।"

"दूसरे बच्चे के लिए सोचा है?"

"रणो ज़रा बड़ा हो ले–"

रणो के पाँच साल बाद दूर्वा आई। दूर्वा के जन्म से पहले, इस शान्त, नियमशासित, लताकुंजों से घिरे इस मकान में काफी सारी घटनाएँ घट चुकी थीं।

हिमाद्रि की माँ, कुंडु स्पेशल में तीर्थ पर चली गईं और पुरी धाम घूम आईं। हिमाद्रि ने डायरेक्टर सेकेण्डरी स्कूल बोर्ड की जाने कौन-कौन-सी गड़बड़ी पकड़ ली! अब प्रमोशन निश्चित था। संयुक्त-सचिव का पद तो मिलना ही था। शुरुआती खेप के आइएएस, उन दिनों भी उनका काफी रौब-दाब था!

प्रथमा गर्भावस्था के दिनों में कई-कई तरह के रोग का शिकार हो गईं।

लतू ने कहा, "लगता है, यह डिलीवरी काफी तकलीफ देनेवाली है।"

हिमाद्रि ने लतू से कहा, "कोई अच्छी-सी लड़की नहीं मिलेगी?"

"अच्छी-सी लड़की का क्या मतलब है?"

"ऐसी लड़की, जो प्रथमा की भी देखभाल कर ले और रणो की भी परवरिश करे। अगर ऐसा हो जाए, तो प्रथमा काफी हद तक निश्चिन्त हो सकेगी–"

"प्रथमा की छोटी मौसी से बात करती हूँ–"

"वे क्या करेंगी?"

"अरे भई, लाचार-असहाय लड़कियों को लेकर ही पड़ी हुई हैं। कई-कई लड़कियाँ, कोई-सा भी कामकाज करके रुपए कमाना चाहती हैं। अब सारी लड़कियाँ तो लिखने-पढ़ने या नर्सिंग या सिलाई-पुराई सीखने तक नहीं बढ़ना चाहतीं–"

"लेकिन विश्वासी लड़की हो! भरोसे लायक!"

"उनसे बात करके देखती हूँ। वैसे आप सावित्री को क्यों नहीं रख लेते?"

"सावित्री को?"

"हाँ! वह अस्पताल में आया का काम करती है। उसने खुद ही कहा कि रोज़-रोज़ तो काम मिलता नहीं। मेरी बेटियाँ भी ब्याह गई हैं। अगर मुझे किसी भले-शरीफ घर में नौकरी मिल जाए, तो मैं कर लूँगी।"

"सधवा है या विधवा?"

"यह मुझे नहीं मालूम! उसने तो यही बताया है कि उसका पति बांग्लादेश में रहता है। वहाँ उसकी एक और गृहस्थी भी थी। इधर दस सालों से भेंट-मुलाक़ात नहीं है। पता नहीं वह ज़िन्दा भी है या नहीं!"

"विवाह एक संस्था है, लतू!"

"समाज में, सर्वत्र ऐसा नहीं है।"

"तुम न...वही बाग़ी ही रह गईं!"

"आप भी न, रवीन्द्रनाथ या शरतचन्द्र से आगे नहीं बढ़ पाए! कम से कम बांग्ला भाषा में! अच्छा, चलती हूँ, सर!"

"लेकिन, सुन लो, सावित्री का मैं इण्टरव्यू ज़रूर लूँगा।"

"ले लीजिएगा!"

## 3

सावित्री का इण्टरव्यू सम्पन्न हुआ! ऊन बुनते-बुनते, बीच-बीच में प्रथमा हँस भी पड़ी। लेकिन हिमाद्रि बेहद गम्भीर बने रहे।

"आप हमार नाम-धाम लिखिहौ का?"

"लिखूँगा!"

"लिक्खौ—नाम, सावित्री सा; उमिर; अट्ठाईस तो हुई है!"

"ठिकाना?"

"भजन जादव की बस्ती; हाथी बगान बाजार। मांस की दुकान के पीछे।"

"पति का नाम?"

"नाम तो था—पीताम्बर सा!"

"मुला दस बरिस से कउनो भेंट-मुलक़ात नहीं है। अब ऊ मरदुआ जिन्दा भी है या नाहीं, हमका का पता?"

"लेकिन...बाल-बच्चे?"

"बिटियन बियाह कर लिहिन और छटक गईं। अबहिन मुला आप हैं अउर

कम्पनी एकमात्र ठौर-ठिकाना है।"

"बात कुछ समझ में नहीं आई—"

"एतना समझे को का है? लतू मौसी मोको सात बरिस से चीन्हत हैं। मुस्किल से मुस्किल रोगी, जेका देखकर जम देवता भी डरात हैं, हम ऊ लोगन का सेवा-जतन करत हैं। विन्होंने हमका बतावा कि आपकी बहुरिया और बछड़े को देखे-सुने के लिए, कउनो कामवाली की जरूरत है! जदी जरूरत है, तो रूपइय्ये-पइसे की बात करौ! काम की बात करौ।"

"हाँ, लतू तो तुम्हें पहचानती है।"

"पहिचानत हैं, का मतलब? विनके बप्पा की सेवा-जतन के लिए तो हमका लै गई थीं। पूरे इग्यारह महीने तक बुढ़ऊ की सेवा करती रहीं हम!"

"कितना देते थे?"

"विनके जइसे भला कउन दै सकेगा? महीने का दुई सौ टके, कपड़े-लत्ते और खाना-खुराकी! ऊ भलेमानस तो कहते थे—तुम घर की ही एक फरद हो, सावित्री! बाप मर गया, तो विन्होंने हमका एक भरी सोने का हार दिहिन! विनकी बात छोड़ें। आपके ईहां का-का काम करना है, कितना देंगे, ई कहें।"

हिमाद्रि ने अंग्रेजी में कहा, "लतू ने तो इस कुतिया को बढ़ावा देकर एकदम से सिर पर चढ़ा लिया, अब मैं क्या कहूँ?"

प्रथमा ने जवाब दिया, "मैंने भला यह सब, कब तय किया है? यह काम तो तुम ही करते हो।"

"उतना तो मैं नहीं दे सकूँगा। फिर भी पचास तक..."

"खाना-खुराकी तो दोगे?" प्रथमा ने कहा।

"ई आप कइसी बात करत हैं?" सावित्री बीच में ही बोल पड़ी, "महीने में दुइ सौ रुपइय्ये तो हम ऐसे ही पीट लेत हैं। सुनें, साहेब, बीवी-बछड़ा, हमरे हाथ में सौंपकर निश्चिन्त हो जावेंगे। हम पूरे सौ रुपइय्ये लइहौं। खाना-पीना साफ-सफाई से देवें। घर का काम हम नाहीं करिहौं। अउर हाँ, हमका सावित्री ही बुलावें। कोऊ हमका दासी-नौकरानी ना कहे। चाहें, तो 'आया' भले कह लें। अब हमका साफ़-साफ़ जवाब दें, नाहीं तो हम चली—"

"ठीक है, महीने-भर काम करो, देखता हूँ—"

अपने कमरे में आकर प्रथमा हँसते-हँसते लोटपोट हो गई।

"क्यों? इतना हँस क्यों रही हो?"

"चलो, एक जन तो ऐसा नज़र आया, जिससे तुम बातों में हार गए।"

जो रोग, हिमाद्रि, सावित्री को नहीं दिखा पाए, प्रथमा के सामने उन्होंने जाहिर कर दिया।

"तुम्हारे लिए! तुम्हारे लिए ही तो नौकरानी रखने की बात उठी है। अरे, औरत को तो बाल-बच्चे होते ही रहते हैं। इसके लिए क्या अलग से दासी-नौकरानी रखना पड़ता है?"

प्रथमा ने बेहद धीमी आवाज़ में जवाब दिया, "रखना तो पड़ता है! लेकिन अगर तुम इसे ज़रूरी नहीं समझते, तो मत रखो।"

"तुम मुझे अमानुष साबित करना चाहती हो?"

"तुम भी क्या बात करते हो? जाने कितने मुद्दत से मुझे तुम्हारे मन-मुताबिक रचने-गढ़ने की कोशिश की जा रही है! मैंने कभी तुम्हारे सामने जुबानदराज़ी नहीं की। लतू चूँकि पहले से ही आती-जाती थी, इसलिए रणजय के जन्म के समय, उसने ज़रा देखभाल कर दी। अलग से कोई डॉक्टर या कोई दवा-दारू की ज़रूरत..."

"तुम कहना क्या चाहती हो?"

"कुच्छ भी नहीं! रुपए तुम्हारे हैं! तनख़्वाह तुम दोगे। अब तुम सोच देखो।"

"भई, रुपए का सवाल नहीं है, लेकिन उसकी बातचीत का लहजा..."

"उसे तो तुम्हारी ज़रूरत नहीं है। उसकी ज़रूरत तो तुम्हें है। क्यों, यही सच है या नहीं?"

"जरूरत मुझे है या तुम्हें?"

प्रथमा उठकर चली गई।

हिमाद्रि ने उसे सावित्री से कहते हुए सुना, "लतू मौसी ख़ामख़्वाह ही परेशान हो रही है, सावित्री! मुझे किसी कामवाली की ज़रूरत नहीं है।"

"ऊ तुमलोगन समझौ! हम तो साफ़ देख रही हूँ, हाथ-पैर फूल गवा है, देही में खून नाही है, वही देखकर तो मौसी हमका..."

लतू ने भी आते ही कहा, "तुम क्या मरना चाहती हो, प्रथमा? तुम्हें पता भी है कि तुम्हें आराम की कितनी ज़रूरत है? दवा...इंजेक्शन...रणो के पीछे-पीछे दौड़ना..."

"तनख़्वाह मैं तो दूँगी, नहीं बहना! इसके अलावा, औरतों को तो बाल-बच्चे होते ही रहते हैं। घर-गृहस्थी में, यह कोई बड़ी बात नहीं है।"

"ज़रूर हिमाद्रि बाबू ने कुछ कहा है—"

प्रथमा चुप!

"न्ना! इतनी बर्बरता बिल्कुल बर्दाश्त नहीं की जा सकती।"

"इन सबकी मुझे आदत पड़ चुकी है, लतू!"

लतू ने यह बात सबको बताई थी। हिमाद्रि इस क़दर नाराज़ हो गए कि उन्होंने प्रथमा से बात करना, बिल्कुल बन्द ही कर दिया। वैसे खाना पकाने के

लिए एक आदमी मौजूद ही था। पार्ट-टाइम नौकरानी भी आती ही थी। नौकर-चाकर + माली + दुकान-बाज़ार से सौदा-सुलुफ लाने के लिए भी एक किशोर मौजूद था। इसके बावजूद और एक कामवाली चाहिए?

प्रथमा ने भी बातचीत बन्द कर दी।

दूर्वा ने जन्म लेते हुए, अपनी माँ को काफी तकलीफें दीं।

दूर्वा के जन्म के बाद, प्रथमा, एकलम्पसिया की शिकार हो गई और उसने दम तोड़ दिया।

## 4

हिमाद्रि बेभाव रोए थे।

वे बार-बार अपने से ही सवाल करते रहे—अगर उस वक्त उन्होंने कामवाली को रख लिया होता, तो क्या प्रथमा बच जाती?

उन्होंने कामवाली को रख क्यों नहीं लिया?

नहीं, महीने में सौ रुपए देना, कोई बड़ी बात नहीं थी। लेकिन उस वक्त उनके सिर पर ज़िद सवार हो गई थी, भयंकर गुस्सा चढ़ गया था।

लेकिन उन्हें यह अन्देशा नहीं था कि प्रथमा की जान चली जाएगी। उस वक्त तो दूर्वा की जान भी जाने-जाने की हालत में पहुँच गई। लेकिन दूर्वा में प्रचुर प्राणशक्ति थी। भूख लगते ही वह गला फाड़-फाड़कर चिल्लाने लगती थी। मुँह से दूध की बोतल लगा दो, तो चुक्-चुक् करके, दूध पीने लगती थी। खासी हृष्ट-पुष्ट, सेहतमन्द बच्ची थी।

उस वक्त प्रथमा की माँ ने आकर गृहस्थी की बागडोर सँभाली।

उन्होंने लतू से कहा, "कोई कामवाली पकड़ लाओ, लतू! नन्ही-सी बच्ची... इसका पालन-पोषण कौन करेगा?"

"यह उसके पापा सोचेंगे!"

"कहने को तो, वह तुम्हारी भी बहन थी..."

"वह अगर मेरी बहन होती, तो और तरह की लड़की होती! इसके लिए आप मुझे क्यों तंग कर रही हैं, मौसी? एक ज़माने में, मैं आपके यहाँ आती-जाती थी, रहती-सहती भी थी। उन दिनों मैं पढ़ती थी। उसके प्रतिदान में, इतने सालों से आपलोग के रोग-भोग में काफी किया भी तो है..."

"भई, यह भी और कोई नहीं, प्रथमा की बेटी है।"

"प्रथमा का तो मेरे सामने नाम भी मत लीजिए—"

हिमाद्रि को भी अन्दाज़ा हो गया कि उनकी सास बहुत दिनों तक उनके यहाँ नहीं रहेंगी। वे चली गईं, तो उसके बाद, वे बेटी को कैसे सँभालेंगे?

नीलाद्रि की बीवी ने कहा, "मेरे वश की बात नहीं है, भई! मेरे लिए असम्भव है! अभी तो मेरी गोद के बच्चे की उम्र ही कुल नौ साल है। मैं भला उस नन्ही जान को पाल-पोसकर बड़ी कैसे करूँगी? अभी ही तो उसे देखभाल की ज़रूरत है।"

"काश, उसी वक्त वह लड़की, कामवाली रखने को राजी हो जाती! दामाद तो ऐसा है कि एक की जगह चार-चार कामवाली रख देता! मेरी कोख-जायी थी, तो क्या हुआ? कैसा पति मिला था, उसे अक्ल ही नहीं आई। दामाद जी को हर चीज़ टाइम-टाइम से चाहिए। लेकिन वह थी कि बाग़-बगीचा लेकर पड़ी रहती थी। पता नहीं, भइया..."

प्रथमा की माँ ने अपनी ख़ास दासी, पद्म की बेटी को कानपाशा देना क़बूल किया और उसे दामाद के यहाँ ले आईं।

हिमाद्रि तो हमेशा से ही नियमों का राजपाठ करने के अभ्यस्त थे। प्रथमा की मौत से सबसे ज़्यादा असुविधा उन्हीं को हुई थी। टोस्ट अगर कड़ा हो गया, तो वे नहीं खाते थे; कुर्ते-क़मीज में अगर ज़्यादा कलफ पड़ गया, तो वे नहीं पहनते थे; बिस्तर की चादर अगर खींच-खींचकर, सपाट न बिछाई गई हो, तो वे सो नहीं पाते थे। जूते पर कहीं धूल तो नहीं जमी है, वे फूँक मारकर परख लेते थे।

रणजय अगर रोता था, तो वे चिहुँक उठते थे। जब तक प्रथमा ज़िन्दा थी, बच्चे के रोने की आवाज़ कभी उनके कानों तक नहीं पहुँचती थी। बारहों महीने, उन्हें सुबह-सवेरे, उबली हुई मसूर की दाल और गला हुआ भात और घी खाने की आदत थी। खाने के साथ, वे घर में जमाई हुई दही भी लेते थे। दफ्तर में टिफिन के लिए वे आटे की दो रोटियाँ, थोड़ी-सी सब्जी और एक केला ले जाते थे। शाम को वे घर में उतारी हुई पूड़ी या निमकी खाते थे। रात को टोस्ट और मांस का स्टू!

प्रथमा की माँ कुछेक दिनों में ही समझ गईं, यह नियम निभाना, उनके वश क़ी बात नहीं है।

उन्होंने दामाद से कहा, "अभागे का घोड़ा मरता है और क़िस्मतवाले की बीवी! वह अभागी तो दनदनाकर चल दी। बेटा, तुम दूसरा ब्याह कर लो।"

उन दिनों हिमाद्रि पत्नी-वियोग के बाद, जुबान से चाहे जितना भी कम बोलते हों, मन ही मन काफी उन्नत-मार्ग के चिन्तन में डूबे रहते थे। यथा—मैरेजेज़ आर मेड इन हेवेन! जोड़ी तो स्वर्ग से ही बनकर आती है।

—पत्नी-वियोग में पति को, पति-वियोग में पत्नी को, ईश्वर की तरफ से पुनर्विवाह की अनुमति नहीं है।

—अब विवाह कौन करेगा? यह संसार तो महज दो दिनों का खेल है!

रात को हिमाद्रि जब खाने बैठे, तो सास जी मांस-पावरोटी से बचते-बचाते, दूर एक मूढ़ा लेकर बैठ गईं।

"सुनो, बेटा, बियाह बिना तुम्हारा काम नहीं चलेगा।"

"हिमानी तो आराम से चला रही है–"

"वह तो अधेड़ हो गई। लेकिन आगे या पीछे, बियाह तो उसका भी होना है। इसके अलावा, उसने कभी, कहीं काम भी नहीं किया। वह तो मैंने ही इतनी-इतनी ज़िद की, तो वह चली आई।"

"तो आप भी यहीं रह जाएँ न!"

"यह कैसे हो सकता है, बेटा? कहते हैं, दामाद के घर पानी भी नहीं पीना चाहिए। वह तो बिटिया चली गई, इसलिए..."

मुहल्ले में जिसका कारोबार सबसे ज़्यादा था, वही डॉक्टर, हिमाद्रि का दोस्त था! हिमाद्रि ने मन ही मन सोचा, वे उसी से सलाह करेंगे।

सास ने दुबारा कहा, "अरे, बियाह करना चाहो, तो क्या लड़कियों की कमी है? जाने कितनी ही लड़कियों के बाप आकर पैर चूमेंगे। मेरे ही भाई की बेटी, चन्दना को तो तुमने भी देखा है! बड़ी सलोनी लड़की है! आइ ए फेल है! घर में टीचर रखकर, उसने सिलाई-कढ़ाई भी सीखी है। गाना भी जानती है! सा-रे काम में आगर है! पूजा-सामग्री जुटाने से लेकर, दुल्हन सजाने तक, सा-रे काम में वह माहिर है!"

"नहीं, मेरा मन गवाही नहीं देता।"

"फिर तुम्हारी देखभाल कौन करेगा, बेटा? यह मानस-देही है, बीमारी-आरामी में भला देखेगा कौन? बाल-बच्चों को भी देखभाल चाहिए। अरे, वह क्या कम जिम्मेदारी छोड़ गई है?"

"सौतेली माँ क्या सेवा-जतन करेगी?"

"नौकर-दाई से तो बेहतर होगी।"

हिमाद्रि क्या करें? बेटे को होस्टल भेज दें? बेटी को भी कहीं बाँट-बिला दें? लेकिन, दफ्तर, मुहल्ले, परिवार, समाज के लोग थू-थू नहीं करेंगे?

"अब मुझे भी छुट्टी दो, बेटा!"

"अच्छा, कुछेक दिन का समय दें मुझे!"

## 5

हिमाद्रि का जन्म सन् 1924 में हुआ! सन् 1967 में प्रथमा का जब इन्तकाल

हो गया, उनकी उम्र थी, तैंतालिस! उन दिनों वे हाल ही में ज्वायण्ट-सेक्रेटरी, एडुकेशन हुए थे! दफ्तर में बहुतेरे लोगों का ख्याल था, वे उल्का की गति से ऊपर चढ़ते गए थे।

बहुतेरे लोग तो आवाज़ें भी कसने लगे थे। अब और सतरह साल बच रहे हैं। देखो, चीफ सेक्रेटरी बन पाते हो या नहीं। सब तकदीर की बात है, भइये!

ईर्ष्या! ईर्ष्या! अमीर आदमी के बेटे थे! परदादा के नाम पर, उत्तरी कलकत्ते में एक गली भी है। पुरखों के धन की बदौलत, सरदार शंकर रोड पर 'हिमाद्रि निवास' कोठी भी खड़ी कर ली। विवाह में भी काफी कुछ मिला था। शराब या सिग़रेट की लत भी नहीं है। बातचीत काफी नाप-जोखकर करते हैं, वह भी काफी धीर-गम्भीर लहजे में! दफ़्तर के कामकाज में, कहीं कोई गफ़लत नहीं है।

देवांशु कहा करता था, "सिर्फ काम दिखाकर तरक्की नहीं होती, भइये! इस आज़ाद भारत में काम न करना, हर किसी का गणतान्त्रिक अधिकार है।"

"तो क्या खुशामद करूँ?"

"हाँऽ, खुशामद करो, राजनीति करो..."

"आई हेट पॉलिटिक्स! मेरे घराने में कभी, किसी ने राजनीति नहीं की।"

"जिन्होंने की, उनका बोलबाला भी देखा है या नहीं?"

"मैंने नहीं देखा–"

"क़िस्मत मनाओ कि बहुरिया भी अच्छी मिल गई। आजकल तो बीवी के उकसाने पर ही पति भी तरक्की की सीधी राह खोजते हैं।"

"ना, भइये, मेरी बीवी, तो..."

"उसमें इतनी हिम्मत ही नहीं थी, यही न?"

हिम्मत कैसे होती? प्रथमा को क्या नहीं मिला? शिक्षित, सच्चरित्र, अफसर पति मिला था! उसके पास अगाध गहने थे। अपना मकान था! पेड़-पौधों से बातें करती थी। बागवानी करती थी। जो बेटा हुआ, वह वंशतिलक है, माँ जैसा ही रूपवान! खूबसूरत! अब एक अदद औरत, इससे ज़्यादा भला क्या चाहेगी? औ क्यों चाहेगी?

पत्नी बारह साल तक माँ नहीं बन सकी। हिमाद्रि ने क्या दूसरा विवा कर लिया? नहीं किया! जबकि हिमाद्रि की सगी बुआ को सौत के साथ घर करन पड़ा था। हिमाद्रि के पिता ने अपने बहनोई से कुछ नहीं कहा। बीवी अगर ए के बाद एक, सिर्फ बेटी ही जनती रहे, तो बेटा पाने के लिए पति दुबारा विवा कर ही सकता है।

हिमाद्रि ने ऐसा नहीं किया। लेकिन प्रथमा ने मरकर पहली और आखि दुश्मनी निभाई। बेटे का स्कूल, बेटी की रुलाई, दुकान-बाज़ार, इस वक्त खाना क

पकेगा, कपड़े अब तक इस्त्री क्यों नहीं हुए—यह सब उन्हें कभी सोचना नहीं पड़ा।

बहरहाल, सास से चाहे जो भी कहा हो, हिमाद्रि अब दूसरी शादी की ही बात सोच रहे थे। उन्हें बस, यही आशंका थी उन्हें प्रथमा जैसी कोई लड़की दुबारा नसीब होगी या नहीं!

प्रथमा के जीते-जी, जो-जो ख्याल नहीं आया था, अब वही-वही ख्याल सताने लगा। होश सँभालने के बाद से ही प्रथमा यही जानती थी कि ब्याह होने के बाद, पति का घर बसाने के लिए ही लड़की का जन्म होता है।

चौदह से सोलह की उम्र काफी खतरनाक होती है। चौदह की होते ही लड़की, लड़की नहीं रहती, औरत बन जाती है। हिमाद्रि के बड़े जेठू जब पैदा हुए, हिमाद्रि की दादी की उम्र चौदह साल थी। चौदह से सोलह! यानी प्रलोभन की पुकार पर, फँस जाने के लिए, एक अदद औरत की जवान-जहान देह, बिल्कुल तैयार रहती थी!

वैसे मनोरमा की उम्र उन्नीस साल थी! वह प्रथमा की तरह हसीना बीवी मार्का, तस्वीर जैसी सुन्दरी नहीं थी। वह तो काली-कलूटी, गठीले बदनवाली, बर्बर-जवान औरत थी। हिमाद्रि के मन में, आज भी ऐसी औरतों के प्रति तीखा आकर्षण है, हालाँकि वे जाहिर नहीं करते।

सुख-शैया के लिए काली लड़की ही भली होती है! फूल-शैया के लिए गोरी लड़की ही शोभा देती है। हिमाद्रि की माँ तो लड़की का रंग देखकर बहू लाती थीं। उनकी बहुएँ गोरी होती थीं और बेटे काले। वह तो क़िस्मत की बात है कि पोतियाँ गोरी-चिट्टी हुईं।

दूर्वा गोरी नहीं थी। अब क्या किया जाए? वह सूरत-शक्ल से दूर्वा जैसी नहीं थी।

प्रथमा हर नज़र से सुयोग्य थी। हिमाद्रि से उसका ब्याह भी पक्का हो गया! चलो, ठीक है। हिमाद्रि को पढ़ी-लिखी लड़की चाहिए थी। उसने प्राइवेट तरीके से पढ़कर बी.ए. भी पास कर लिया। विवाह के बाद, हिमाद्रि ने जो-जो किया, उसने शब्द-शब्द वही किया। वह भी कहकहे लगाकर नहीं हँसी, बाथरूम में कभी गाना नहीं गाया, बरामदे में झूलकर, कभी रास्ता भी नहीं निहारा।

पूरे सतरह साल का विवाहित जीवन! यानी छः हजार, दो सौ पाँच दिन! हर दिन हिमाद्रि को कुरकुरे टोस्ट, सफेद-बुर्राक बिस्तर और हजामत का सामान, ठीक वक्त पर मिलता रहा! ऑफिस जाने के कपड़े-लत्ते, चमचमाते हुए जूते, सब यथावत्! पूरे घर में कहीं धूल का एक कण भी नज़र नहीं आता था। उनसे कभी, किसी दिन भी नहीं कहा गया—"ज़रा बाज़ार चले जाओ।" या "ज़रा देर रणो को सँभालो।"

प्रथमा उनकी इतनी जानी-पहचानी थी कि किसी दिन भी उसे और ज़्यादा पहचानने की, उन्होंने कभी कोशिश नहीं की।

अचीन्ही प्रथमा को उन्होंने सिर्फ एक ही दिन देखा था। रणजय के जन्म के बाद, जब उन्होंने उसे हार भेंट किया था।

कैसी भयंकर चोट थी वह! उन्हें इस बात का अहसास भी नहीं था कि उसे मनोरमा के बारे में मालूम है। संयुक्त-परिवार में हर बात लोग जान ही जाते हैं। लेकिन यह ख़बर जानने के बाद भी प्रथमा कितने सहज भाव से पति-सेवा करती रही!

ख़ैर, छोड़ो, अब तो वह अध्याय ख़त्म हुआ! लेकिन हिमाद्रि को यह बात बखूबी समझ में आ गई कि विवाह आखिरकार उन्हें करना ही होगा, वर्ना सब कुछ गोलमाल हो जाएगा। प्रथमा जैसी दूध-धुली, नरम उम्र की, निष्पाप लड़की भले न हो, ज़रा सख्त-पुख़्ता, जिम्मेदारी सँभालनेवाली लड़की की ज़रूरत है।

महितोष वगैरह ने पूछा, "भाभी जैसी लड़की मिलेगी कहाँ? ऐसा करो, कृष्णनगर में आर्डर दे डालो। मिट्टी की लड़की गढ़ देंगे। उसके बाद मन्त्र-बल से, उसे ज़िन्दा कर लेना—"

नीलाद्रि ने कहा, "ऐसा करो, अखबार में विज्ञापन दे डालो—"

लतू ने कहा, "यह दूसरा विवाह क्यों? मोटी तनख़्वाह देकर, दो-दो नौकरानियाँ रख लें। वैसे मुझसे किसी नौकरानी की उम्मीद मत रखिएगा। सावित्री की घटना, अभी मैं भूली नहीं हूँ। कभी भूलूँगी भला? या प्रथमा को ही भूल सकूँगी?"

"एक अदद ब्याह, ज़रूरी है, लतू!"

"क्यों? मुझे देखो, मैं तो आराम से हूँ—"

"सभी क्या एक जैसे होते हैं?"

"देख लें, अगर दूसरा ब्याह किया, तो मैं दीवार बनकर खड़ी हो जाऊँगी।"

प्रथमा की माँ झुँझला उठीं।

"देखो, कितनी मुश्किल से हामी भराई है। अब तुम रोड़े मत अटकाओ, लड़की! खुद तो अपनी घर-गृहस्थी बसाई नहीं। गृहस्थी का मोल भी नहीं जाना।"

"मोल क्यों नहीं जानूँगी? अपने भतीजे-भतीजियों के साथ गृहस्थी नहीं चलाती? वे बच्चे तो यहीं से...मेरे ही घर में रहकर पढ़ते हैं।"

"हुँहः तुम्हारे घर में सिर्फ पढ़ाई...और पढ़ाई..."

"यह उन्नीसवीं सदी नहीं है, मौसी!"

"रहने दो, ये पकी-पकी बातें!"

"चलो, ठीक है! पहले बेटी ब्याही थी, अब दामाद ब्याह दें।"

लतू ने दूर्वा को देखा, उसे प्यार किया और कमरे से बाहर निकल गई।

## 6

हेमकाया से विवाह कराया, डॉक्टर बाबू ने!

उन्होंने ही कहा, "बीवी के बिना तो आपका नहीं चलेगा—"

"मुझे जैसी लड़की चाहिए, वैसी लड़की मिलेगी कहाँ?"

"मेरा ख़्याल है कि आप दुधमुँही बच्ची तो नहीं ही चाहते—?"

"नहीं, नहीं, मेरी ही उम्र अब तैंतालीस हुई।"

"देखता हूँ, खोज़-खबर लेता हूँ। बहुतेरे लोग तो आग्रह-अनुरोध करते हैं, मैं देखता हूँ—"

हेमकाया से विवाह हो जाने के बाद, हिमाद्रि की माँ, प्रथमा की माँ, नाते-रिश्तेदार, बन्धु-बान्धव—सभी ने एक स्वर में क़बूल किया कि हिमाद्रि ईश्वर की प्रिय सन्तान है। जैसी लड़की की ज़रूरत है, वैसी ही देख-चुनकर, ऊपरवाले ने हिमाद्रि के लिए दुल्हन जुटा दी, वर्ना ऐसा, कैसे होता?

बात दरअसल यह थी कि तैंतालीस साल बाद दुबारा विवाह, हिमाद्रि की नज़र में भले स्वाभाविक हो, बाहर के लोगों ने इसे नेक नज़र से नहीं देखा।

हिमाद्रि के भाई के साले साहब जाते-जाते बोल गए, "मेरी भी तो तैंतालीस साल की उम्र हुई! मेरी भी बीवी मर गई। मैंने क्या दूसरे ब्याह का ख़्याल, अपने अन्दर आने दिया?"

"मेरी बेटी बेहद छोटी है, भइये।"

"अरे, जनाब, मेरा भी बेटा बेहद छोटा था। मेरी माँ ने उसे पाल-पोसकर बड़ा कर दिया। तुम्हारी भी तो माँ मौजूद हैं!"

"माँ यह सब नहीं कर पाती।"

"तो देखभाल के लिए आदमी रख लो।"

"अरे, तनख़्वाहयाफ़्ता इन्सान, भला माँ की जगह ले सकता है?"

"यानी तुम ब्याह ही करोगे?"

"यही एकमात्र उपाय है।"

"सौतेली माँ क्या सगी माँ हो सकती है?"

"हाँ, ब्याह में यह जोखिम तो है।"

हिमाद्रि ने डॉक्टर बाबू को ही पकड़ा, "निहायत बेटे-बेटियों के लिए दुबारा ब्याह कर लेना चाहिए, वर्ना विवाह की बात सोचता कौन है? जो चली गई, उसके जैसी क्या मिलेगी?"

"ना! वैसी तो नहीं मिलेगी।"

"कोई लड़की-वड़की है नज़र में?"

"आजकल विधुर से कोई आसानी से अपनी लड़की नहीं ब्याहना चाहता। दिन-काल बदल चुका है।"

"भई, मैं भी तो कोई कुपात्र नहीं हूँ।"

"यह तो आप कह रहे हैं। आपके कहने से नहीं होगा।"

"चलो, देखता हूँ। अख़बार में इश्तेहार देता हूँ। वैसे तो सुनने में यही आता है कि लड़कियों का विवाह नहीं हो रहा है; बेटी का बाप टक्करें खाता फिरता है। ये ख़बरें क्या झूठ हैं?"

"भई, बात ऐसी है कि दुधमुँही या कच्ची उम्र की कोई लड़की तो मिलने से रही। बाल-बच्चों की जिम्मेदारी सँभालने की बात सुनकर ही, लड़कियाँ पीछे हट जाती हैं।"

"हाँ, सो तो है! दिन-काल काफी बदल चुका है।"

लतू ने प्रथमा की माँ पर...लफ़्जों के पत्थर बरसाते हुए कहा, "आपने सोच क्या रखा है? सब लोग आप जैसे हैं? आपकी तो जो मति-गति नज़र आ रही है, उससे तो यही लगता है कि अगर आपको और एकाध बेटी होती, तो आप उसे भी, इस बन्दे से ब्याह देतीं।"

"..........."

"प्रथमा आपकी बेटी नहीं थी?"

प्रथमा की माँ ने अपने आँसू पोंछते हुए कहा, "थी! वह मेरी ही बेटी थी! सगी बेटी : लेकिन एक और बच्ची छोड़ गई है, उसका क्या बनेगा, बता सकती हो?"

"सावित्री के बारे में उनका मोल-भाव न किया जाता, तो वह रह जाती।"

हाँ, मुमकिन है, प्रथमा एकलम्पशिया का शिकार होकर दम नहीं तोड़ती।

"ये सारी बातें मैं क्या कभी भूल सकती हूँ, मौसी?"

"अच्छी-भली ही तो थी। मैंने उसे अहिबात का खाना खिलाया..."

"छोड़ें, प्रथमा का ज़िक्र रहने दें। बात इतनी-सी है कि हिमाद्रि बाबू बीवी को मर्यादा देने के बिल्कुल नाक़ाबिल हैं। क्या हुआ? इतना तो हाथ-पाँव मार रहे हैं, बेटियों के बाप झुण्ड-झुण्ड में क्या उनके पाँव पड़ने आए? खुद ही बेटी की

देखभाल क्यों करते? डॉक्टर सरकार को नहीं देखते, कैसे दो जुड़वाँ बच्चों को खुद ही पाल-पोसकर बड़ा कर डाला!''

प्रथमा की माँ ने फुसफुसाकर कहा, ''प्रथमा तो जैसे पति-पूजा करती थी, लतू! दामाद जी ने कभी अपने हाथों से पानी उँड़ेलकर भी नहीं पिया।''

''चलो, अब फिर कोई सेवा-दासी आएगी और सेवा करेगी।''

देवांशु ने हिमाद्रि से कहा, ''तुम अपना धर्म चेतो। आया रखकर, बेटी को पालो-पोसो। बेटे को हॉस्टल में डाल दो। मुझे तो यह नज़र आ रहा है कि विवाह के बाज़ार में तुम्हारा कोई मोल नहीं है।''

हिमाद्रि ने पहली बार सुना, पति के तौर पर उन्हें पत्थर का टुकड़ा कहा जाता है।

प्रथमा से वह नौकरानियों की तरह मेहनत-मशक्कत कराते थे। प्रथमा का कोई सामाजिक जीवन नहीं था।

इन सबकी उन्हें नई-नई जानकारी हुई थी।

उनका समूचा निरर्थक आक्रोश प्रथमा पर ही बरस गया। उसे इतनी तकलीफ थी? उसके दुःख-दर्द का हाल अब उन्हें बाहरी लोगों से सुनना पड़ रहा है?

ख़ैर, प्रथमा अब तस्वीर बन चुकी थी! ग़ज़ब की ख़ूबसूरत कोई लड़की, पेड़ के तने से टिकी खड़ी है। उसकी उम्र अब कभी नहीं बढ़ेगी; मगर बेटी की उम्र तो बढ़ती जाएगी।

हिमाद्रि डॉक्टर बाबू की शरण में पहुँचे।

उन्होंने कहा, ''देखो, यह बात मैं अपने लिए नहीं, अपने बेटे-बेटी के लिए कह रहा हूँ। आपकी तो कितनी ही जान-पहचान है! एक लड़की देख दें। मैं सच ही, मुसीबत में हूँ।''

''भई, आजकल की लड़कियाँ, रणो की माँ जैसी तो नहीं हो सकतीं। मेरा मतलब है...''

''समझ गया! अब मैं औरत का सम्मान करूँगा; उनकी कभी बेइज़्ज़ती या उपेक्षा नहीं करूँगा।''

''ठीक है! कुछेक दिन बाद पता कर जाइएगा, तब तक मैं देखता हूँ।''

कुछ दिनों बाद, डॉक्टर ने ही कहा, ''है एक लड़की! उससे आप ब्याह कर सकते हैं। आपकी ही जाति की है।''

''कहीं कम उम्र तो नहीं है?''

''नहीं! तीस की तो ज़रूर होगी।''

''पढ़ी-लिखी है?''

''एम.ए. पास है, मगर बांग्ला में!''

"वह लड़की मुझसे ब्याह क्यों करने लगी?"

"मेरी पत्नी के कहने पर! वे ही उसकी अभिभावक हैं।"

"आप खुद तो..."

"निःसन्तान हूँ! वह लड़की बेहद दुखियारी है, मतलब ज़िन्दगी-भर दुःख ही पाती रही है। उसके माँ-बाप बांग्लादेश में रहते थे। उसकी माँ, किसी दूर के रिश्ते से, मेरी पत्नी की आत्मीया थी। सन् 1960-62 में वे लोग यहाँ चले आए। बाप रहा नहीं, भाई-दीदियों में उसकी जिम्मेदारी उठाने का बूता नहीं है। इसलिए मेरी पत्नी से ही उसकी लोकल गार्जियन बनकर, उसे हॉस्टल में रखकर पढ़ाया-लिखाया। जब उसकी माँ भी नहीं रहीं, तो हम ही उसके सब कुछ बन गए।"

"उसे कभी देखा तो नहीं..."

"आप हद से हद मेरे चेम्बर तक गए हो। चेम्बर बन्द हो जाने के बाद, कुछ देर के लिए कभी-कभार आ जाते थे। लेकिन मेरे घर कभी नहीं गए..."

"वह लड़की, आपके घर में ही रहती है?"

"अरे, नहीं, नहीं! आज आठ वर्ष से ही, तमलुक के करीब, किसी ऑर्गनाइजिंग स्कूल में काम करती है। उस स्कूल को सरकारी अनुमोदन मिला। लेकिन उन लोगों ने पैनेल से कुछ टीचर लिए। उसका भी बी.एड. नहीं हो पाया। उसे लेकर अशान्ति होने लगी है। उसने नौकरी छोड़ दी या यूँ कहूँ कि स्कूल छोड़ने के लिए वह लाचार हो गई। असल में वह बेहद आत्माभिमानी लड़की है। विद्यार्थी जीवन से ही वह ट्यूशन कर रही थी।"

"एक दिन उससे बात नहीं हो सकती?"

"मैंने जब भी उसके सामने विवाह का ज़िक्र छेड़ा, उसने छूटते ही सवाल दागा—रुपए-पैसे या दहेज देकर ही तो ब्याह करेंगे न? ऐसा ब्याह मैं हरगिज नहीं करूँगी। रही बातचीत, जान-पहचान कराने की बात, उसका बस, एक ही कहना है, जब ब्याह पक्का हो जाएगा, तभी वह बातचीत कर लेगी।"

"उसका अपने भाई-बहनों से रिश्ता नहीं है?"

"वे लोग मामूली-सा कामकाज करते हैं, दूर-दूर जा बसे हैं। उस परिवार में हेमकाया ही ज़रा अलग-थलग है। वैसे, अगर खुलकर कहूँ, तो उसकी माँ खुद भी काफी आत्माभिमानी थीं। गाँव में जो घर था, उसके बदले मध्यमग्राम में जमीं-जमा और एक छोटा-सा घर मिला था। सारा कुछ उसके काका हजम कर गए। विधवा औरत थी, लोगों के घर राँध-पकाकर, बाल-बच्चों को बड़ा किया। हेमकाया को मेरी पत्नी ले आईं। उस लड़की के भाई-बहनों की तो इतनी भी औकात नहीं है कि वह उसका ब्याह कर दें।"

"आप सिफारिश करते हैं?"

"हाँ, मैं तो बदस्तूर उस लड़की के प्रति श्रद्धा करता हूँ।"

"यानी, वह छिछोरे स्वभाव की तो नहीं है?"

"छोड़ें, हिमाद्रि बाबू। आपकी बातचीत का लहजा सुनकर ही मेरी बीवी मना कर देगी।"

"माफ करें, मेरे पूछने का मतलब था, कहीं वह चंचल स्वभाव की तो नहीं है?"

"अरे, भई, उसमें चंचलता-चपलता आती कहाँ से? मेरी बीवी उसकी गार्जियन है। उसे हमने पढ़ाया-लिखाया है। इसके बावजूद, वह सालों ट्यूशन पढ़ाती रही है। उसके बाद नौकरी में लगी।"

"उसके बाद?"

"ज़िन्दगी की ऐसी लड़ाई लड़ते हुए, उसके पास चंचल बनने का वक्त कहाँ था? मेरी निगाह में उस जैसी लड़की, लाखों-करोड़ों में एक ही होती है।"

"तो इतने दिनों, उसका ब्याह क्यों नहीं हुआ?"

"हमें उसने कोशिश ही नहीं करने दी। वह तो मेरी बीवी ने ही दबाव डालना शुरू किया, तो अब विवाह की बात छिड़ी है। आजकल, मेरी बीवी की तबीयत ठीक नहीं रहती। जब तक हेम का विवाह नहीं हो जाता, उसे मरकर भी चैन नहीं मिलेगा।"

"आपके पास जो कुछ भी है, वह सब...?"

"हेम नहीं लेगी—"

"उन्हें विवाह की चाह ही नहीं हुई?"

"ना! वह बिल्कुल और क़िस्म की लड़की है। मर्द जात पर उसको भरोसा ही नहीं है। राजी कैसे हुई, जानते हैं?"

"कैसे?"

"विवाह के लिए आप लड़की खोज रहे हैं, यह उसने भी सुना है! पिछले दिन उसने कहा, अधेड़ आदमी है, उसके बाल-बच्चे भी हैं, तो क्या हुआ? आप यहीं बात चलाएँ! जब तक मेरा विवाह नहीं होता, आप लोग निश्चिन्त नहीं होंगे। आप उनसे बात करें।"

"चलो, सोचता हूँ! बात करके देखता हूँ, कैसी लगती है!"

डॉक्टर ईषत् हँस पड़े।

"यह बात जान रखो कि वह कीचड़-कादे की गुड़िया नहीं है और ऐसा भी नहीं है कि उससे ब्याह करके तुम धन्य हो जाओगे। उसका अपना भी वक्तव्य हो ही सकता है।"

"नाम तो काफी घिसा-पिटा है! हे-मकाया!"

''यह नाम उसकी माँ ने रखा था! रंग तो पक्के सोना जैसा नहीं है, लेकिन इन्सान वह, खांटी सोना है।''

''चलो, घर में बातचीत करके देखता हूँ! बस, ज़रा सोच लूँ!''

''सोच लीजिए! हम लोगों का भला क्या स्वार्थ होना है? यही कि, ज़रा करीब रहेगी। आप भी जाने-पहचाने इन्सान हैं। देख लें। वैसे आपका जिक्र हमने नहीं छेड़ा था, उसी ने बात चलाई। आपकी बीवी का जिस तरीके से इन्तकाल हुआ...हेम ने ही इस बात की पहल की।''

हिमाद्रि को लगा कि हाथी जब किसी गड्ढे-खन्दक में जा पड़े, तो उसे व्यंग्य-ताने सुनने ही पड़ते हैं—यह बात सोलहों आने यानी सौ पैसे सच है।

''अब मैं क्या कहूँ, बताइए? सोने की मूरत तो मैं खुद ही खो बैठा।''

डॉक्टर ख़ास अभिभूत नहीं हुए।

उन्होंने निरुतप्त सौजन्यता दिखाते हुए कहा, ''वैसे वह बहुत कम बोलती है। हर किसी का सम्मान करती है और बदले में हमेशा सम्मानजनक रवैये की उम्मीद करती है। वह चुपचाप बर्दाश्त करनेवाली लड़की नहीं है।''

''न्ना!...मैं भी असम्मान क्यों करने जाऊँगा?''

हिमाद्रि ऐसी किसी लड़की को विवाह-प्रस्ताव देनेवाले हैं, यह ख़बर पाते ही, उनकी माँ ने काफी हंगामा मचाया। वे तो लगभग रो पड़ीं।

''लड़की की माँ रसोईदारिन थी? खाना पकाने का काम करती थी? छिः छिः छिः! सुना है, लड़की की उम्र भी बहुत ज़्यादा है? ऊपर से, वह नौकरिया लड़की है!''

''भई, दूसरी रणो की माँ कहाँ मिलेगी?''

''यह लड़की तो ज़रूर लतू जैसी होगी। दरोगामार्का औरत! ऐसी औरत भला घर-गृहस्थी चला सकती है? बाल-बच्चों की देखभाल कर सकती है?''

''माँ, यह बात तुम नहीं करा रही हो, मैं खुद कर रही हूँ! अगर मैंने विवाह नहीं किया, तो मुझे नौकरी छोड़-छाड़कर, बाल-बच्चों की देखभाल के लिए, घर बैठना होगा।''

''कैसा अजब दिन-काल आया है! मरद जात, ऐसे चाँद-सा सोना बच्चा और उसके लिए किसी लड़की का इन्तज़ाम नहीं हो पा रहा है!''

''अब, छोड़ो, माँ! कोशिश तो तुमने की ही थी—''

प्रथमा की माँ भी ज़्यादा खुश नहीं हुईं।

''यह डॉक्टर, पता नहीं कहाँ की, गई-गुज़री लड़की को हमारे सिर पर लाद रहे हैं। मेरी बेटी की सजी-सजाई गृहस्थी में, किसी रसोईदारिन की बेटी राज-पाट चलाएगी।''

''आप, अपनी नातिन को ले जाएँगी अपने साथ? ख़र्च मैं दूँगा।''

''ख़र्च का राग मत अलापो, बेटा। अगर मेरी सेहत साथ देती, तो बच्ची को मैं बेशक ले जाती।''

''जब कोई भी बच्ची की जिम्मेदारी लेने को तैयार नहीं है, तो कोई बात न करें।''

''सौतेली माँ क्या सौत के बाल-बच्चों को...?''

''ख़ैर, वह तो सगी माँ भी मौजूद हो, तो बाल-बच्चे निश्चित तौर पर इन्सान बनें, यह ज़रूरी नहीं है। बच्चे तो बाप के असर से इन्सान बनते हैं! अब मुझे ही देख लें–''

हिमाद्रि को सबसे ज़्यादा उस लड़की की विचार-बुद्धि पसन्द आई थी। वह जवान मर्दों पर विश्वास नहीं करती।

बुद्धिमती लड़की है!

# 7

डॉक्टर-परिवार ने नियम-मुताबिक़, हिमाद्रि को चाय पर आमन्त्रित किया। चाय-नाश्ते के बाद, उन दोनों को बातचीत करने का मौका देकर, वे दोनों हट-बढ़ गए। यह भी नियम-मुताबिक ही था। हेमकाया न गोरी थी, न काली। जो खूबी आँखों को भली लगी, वह थी कि अन्य बंगाली औरतों की तुलना में, वह खासी लम्बी-छरहरी थी। वह सजने-सँवरने की परवाह नहीं करती थी। आँखें बड़ी-बड़ी तो नहीं थीं, मगर उजली-धुली थीं और लम्बे-लम्बे बालों की सिर्फ एक ही वेणी बनाती थी। बाईं कलाई पर घड़ी! न तो वह खूबसूरत थी, न बदसूरत! हाँ, व्यक्तित्व मौजूद था! आवाज़ भी मीठी और आकर्षक!

हिमाद्रि ने ही बातचीत की पहल की।

''आप तो सब सुन चुकी हैं।''

''हाँ, सुनी है, जितना कुछ इन लोगों को जानकारी है।''

''आप भी समझ गई होंगी कि ज़रूरत के तकाजे पर, मुझे विवाह के बारे में सोचना पड़ रहा है, वर्ना...''

''ज़रूरत मुझे भी है! मौसी के दिल की हालत ठीक नहीं है, दवाओं के सहारे चलने को लाचार हैं! मेरे बारे में वे काफी चिन्तित और परेशान रहती हैं। यह बात मेरी समझ में आ गई है कि मैं अगर विवाह कर लूँ, तो वे दोनों निश्चिन्त हो जाएँगे।''

"इतने अर्से से स्कूल की नौकरी कर रहीं थीं..."

"बाद के दिनों में, वहाँ अच्छा नहीं लग रहा था! काफी घुरपेंच था, उस नौकरी में! हद कूटनीति!"

"......................."

वह ईषत् हँस पड़ी, "अगर वे लोग मुझे न छोड़ते, तो मैं ही वह नौकरी छोड़ देती। मैं अन्याय से समझौता करके नहीं चलती। हाँ, तो आप क्या-क्या पूछना चाहते हैं, पूछेंगे नहीं?"

"पूछूँगा! कहूँगा भी! लेकिन कुछ वक्त लगेगा।"

"देखिए, किसी क़िस्म के दहेज वगैरह के पक्ष में, मैं नहीं हूँ।"

"इसका तो सवाल ही नहीं उठता।" हिमाद्रि ने जवाब दिया।

"मैंने बांग्ला में एम.ए. किया है; क़द पाँच फुट छः इंच! यूँ मैं ज़्यादा बात नहीं करती, मगर आज करना पड़ी...!"

"देखें, यह विवाह तो हम खुद...मेरा मतलब है, दो बालिग लोगों ने आपस में कह-सुनकर, इस विवाह के पक्ष में फैसला किया है। जैसे, मेरी तरफ से कुछेक शर्तें हैं..."

"शर्तें मेरी भी हैं। पहले से ही यह सब आपस में तय हो जाना चाहिए–"

"हाँ, सो तो सच है, ताकि, बाद में कोई असुविधा या परेशानी न हो।"

"ठीक है, तो आज मैं चलूँ..."

"हाँ, चलिए, अब उठा जाए! नमस्कार!"

"नमस्कार! आपका नाम निहायत..."

"मेरी माँ ने दिया था। पता नहीं, क्यों दिया था। अनीता, अलका, आरती, हेमकाया...?"

"वे लोग तो यहाँ नहीं रहतीं न?"

"वे लोग कूचबिहार, सिलिगुड़ी और जलपाईगुड़ी में हैं। भाई दोनों मध्यमग्राम और कैनिंग में रहते हैं। शादी में कोई शामिल नहीं होगा।" हेमकाया ने अफसोस के लहजे में कहा, "वे लोग मौसी से रुपए माँगते रहते थे। दिनोंदिन उनकी माँग बढ़ती जा रही थी। हालाँकि सबके सब अपनी तरह से कोई न कोई काम भी करते हैं। मैंने ही यह बन्द कर दिया। इसलिए वे लोग मुझपर बेहद गुस्सा हैं।"

हिमाद्रि कमरे से बाहर निकल आए।

उन्होंने वहाँ मौजूद सभी लोगों से कहा, "ऐसे तो लड़की भली और शरीफ है। ख़ासा व्यक्तित्व भी है। उसे मालूम है कि उसे क्या चाहिए। बुद्धि, गम्भीरता, सभी कुछ है उसमें।"

अमिय ने कहा, "देख लो, भई, तुम्हारी पत्नी की तरह तो..."

"कौन, किसकी तरह होता है, भई! बस, घर-गृहस्थी के मामले में निश्चिन्त हो सकूँगा। वह खींच-तानकर गृहस्थी चलाएगी, मैं भी चैन की साँस लूँगा। आजकल चूँकि मेरी सास जी यहाँ रहती हैं, इसलिए हमेशा साले-सलहज और उनका कुल-ख़ानदान...मैं तो हाँफ उठा हूँ।"

"देख लो! तुम्हारा पत्नी-भाग्य तो बेहद अच्छा है!"

"बस, ख़ूबसूरत नहीं है!"

देवांशु ने कहा, "अपने देखने का नज़रिया बदल डालो। आजकल, बुद्धि और व्यक्तित्व वगैरह देखा जाता है! परम्परा-मुताबिक खूबसूरत लड़की और कितनी हैं भला?"

हिमाद्रि ने सोचा था, शर्तें अकेले उन्हीं की तरफ से होंगी। हेमकाया ने उन्हें अचरज में डाल दिया।

हिमाद्रि ने अपनी शर्तें बता दीं।

उसे रणजय और दूर्वा की माँ बनना होगा। उन बच्चों को इन्सान बनाना होगा। यही उनकी सबसे बड़ी माँग है और गृहस्थी चलाने की सारी जिम्मेदारी, हेमकाया की होगी। हिमाद्रि उसमें कोई दख़ल नहीं देंगे। लेकिन, हेमकाया भी उनके व्यक्तिगत तौर-तरीके, चलने-फिरने के बारे में कोई बात...कोई रोक-टोक नहीं करेगी। हिमाद्रि की माँ अभी भी यहीं रहती हैं। उनकी भी देखभाल करनी होगी।

डॉक्टर ने कहा, "जब यह विवाह-अनुबन्ध है, तो हेमकाया की भी कुछेक शर्तें हैं। उसने भी अपनी शर्तें लिख दी हैं।"

रणजय और दूर्वा की वह 'माँ' तो नहीं बन सकती, लेकिन अपनी जिम्मेदारी वह पूरी तरह निभाएगी। 'इन्सान' बनाने के बारे में वादा तो नहीं किया जा सकता, क्योंकि कौन इन्सान है, कौन नहीं, इतनी बड़ी समझ, हेमकाया की नहीं है।

हाँ, गृहस्थी चलाने की पूरी जिम्मेदारी, वह पूरी तरह निभाएगी।

हिमाद्रि के किसी भी मामले में, जैसे हेमकाया को कुछ बोलने का हक़ नहीं होगा, वे भी उसके मामले में कुछ नहीं कह सकेंगे। एक बात और! हिमाद्रि के घर, ज़मीन-जायदाद में कुछ भी नहीं चाहती।

हिमाद्रि ने कहा, "और अगर मैं नहीं रहा...?"

"उस जिम्मेदारी से मैंने तुम्हें मुक्त किया..."

हिमाद्रि, हेमकाया से विवाह कर रहे हैं, इसकी वजह साफ़ जाहिर थी। हेमकाया इस विवाह के लिए क्यों राजी हुई, इसकी वजह सिर्फ डॉक्टर और उनकी पत्नी जानते थे।

डॉक्टर-पत्नी ने कहा, "सुनो, जी, यह राज़ वे लोग अगर बाद में जान जाएँ, तो क्या होगा?"

डॉक्टर ने कहा, ''भई, इसमें गुनाह जैसी कोई बात तो है नहीं। तमलूक में वह किसी लड़के से प्यार करती थी। सात सालों तक उसे यही लगता रहा कि वह लड़का, उसी से विवाह करेगा। लेकिन उस लड़के ने अचानक उसे छोड़ दिया और नौकरी देनेवाले, मालिक की बेटी से शादी रचा ली, इसीलिए मर्दों पर से उसका विश्वास ही उठ गया।''

हेमकाया भी अचानक उस कमरे में आकर बैठ गई।

''आप लोग मेरे बारे में बातें कर रहे थे?''

''हाँ, हेम, हम तुम्हारे ही बारे में बातें कर रहे थे।''

''मैंने कोई गुनाह नहीं किया, मौसी! मेरे ही लिए आप लोगों का सुख-चैन हराम हो गया है। मौसी के दिल का रोग, मेरी वजह से ही बढ़ गया है। इसी क़िस्म का विवाह ही मेरे लिए उपयुक्त है। इन साहब को देखकर यही लगा है कि उन्हें मुझसे प्रेम-प्यार वगैरह की कतई उम्मीद नहीं होगी। उनकी गृहस्थी को ढंग से चलाने की जिम्मेदारी ले लूँ, बस, वे निश्चिन्त हो जाएँगे।''

''तुम ठीकठाक रहना, बिटिया!''

''मैं तो ठीकठाक हूँ–''

डॉक्टर दम्पती आखिर क्या कहते? बचपन से ही उन्होंने उसकी जिम्मेदारी, अपने सिर-माथे क़बूल की है, लेकिन हेमकाया ने शुरू दिन से ही अपने को ज़रा फासले पर रखा। उसने उपकारकर्ता और उपकृत—इन दोनों के बीच के लक्षण के दायरे को कभी, लाँघने की कोशिश नहीं की!

रजिस्ट्री तरीके से उन दोनों का विवाह सम्पन्न हो गया। न्ना, हिमाद्रि की माँ-बहन की भाषा में यह 'भिखमंगों की शादी' नहीं थी। डॉक्टर की तरफ से अतिथियों को आमन्त्रित किया गया था। हेमकाया को गहने भी दिए गए थे। हाँ, रजिस्ट्री होने के बाद, पारम्परिक विवाह-अनुष्ठान नहीं हुआ था। छोटा-सा प्रीति-भोज ज़रूर हुआ था।

नीलाद्रि की पत्नी ने कहा, ''बैंक के सेफ से प्रथमा के ज़ेवर निकाल लाओ और नई दुल्हन को सजा दो।''

हेमकाया ने आपत्ति की, ''नहीं, ऐसा नहीं हो सकता। वे गहने उनके बेटे-बेटी के हैं। इसके अलावा मुझे सजाने की ज़रूरत नहीं है। मैं खुद ही सज लूँगी।''

इन बातों को लेकर, काफी सारी औरताना कहा-सुनी हुई, अफवाहें उड़ीं। हेमकाया ने इसकी रत्तीभर भी परवाह नहीं की। हिमाद्रि की माँ चन्द दिनों में ही समझ गईं कि यह औरत प्रथमा नहीं है। इस औरत में व्यक्तित्व है; इसके कामकाज और बातों में वजन है। औरताना गपशप उसे पसन्द नहीं है।

विवाह के समय, प्रथमा की माँ अपने नाती-नातिन को अपने साथ ले गयीं।

सुहागरात के अगले दिन हेमकाया ने कहा, "जाएँ, बच्चों को ले आएँ।"

"अभी ही..?"

"बेशक! अब तो मैं यहाँ हूँ।"

"लेकिन, रणो अब बड़ा हो रहा है..."

"उन्हीं लोगों की देखभाल के लिए मैं आयी हूँ–"

"दूर्वा की देखभाल के लिए हिमानी को तो आ लेने दो–"

"इसकी कोई ज़रूरत नहीं है।"

"और बच्चों के सोने का क्या इन्तज़ाम होगा?"

"अभी तो उन दोनों को मेरे ही पास रहना ज़रूरी है–"

उसी पल हिमाद्रि, रणो को ले आए। उनके पीछे-पीछे हिमानी, दूर्वा को गोद में उठाए हुए, कमरे में आई और बच्ची को वहीं छोड़कर चली गई।

हेमकाया को दिखाकर, हिमाद्रि ने कहा, "रणो, ये हैं, तुम्हारी नयी माँ!"

हेमकाया छूटते ही बोली, "नहीं, रणो, मैं तुम्हारी हेम-माँ हूँ।"

महीने-भर में ही हिमाद्रि को अन्दाज़ा हो गया कि उन्होंने लाख टके का विवाह किया है, अब, उन्हें सुबह का टोस्ट, दफ़्तर जाने के कपड़े, रात को सूप, पहले की तरह हरी हस्बेमामूल मिलने लगा था।

गृहस्थी और घर की रौनक़ लौट आई।

सबसे बड़े अचरज की बात यह थी कि हेमकाया ने रणजय का मन जीत लिया और दूर्वा का भी इतने जतन से लालन-पालन करने लगी, जैसाकि शायद ही कहीं नज़र आता हो!

बेटा अपनी सौतेली माँ को कैसे क़बूल करता है, यह लोग-बाग़ के लिए कौतुकी तमाशा होता है। इसी इरादे से मेघाद्रि की विधवा बीवी भी, छोटी बहू को देखने आ पहुँची।

उन्होंने दरयाफ़्त किया, "रणो अपनी सौतेली माँ पाकर खुश तो है न?"

इस सवाल का जवाब, हेमकाया ने सवाल में ही दिया, "आपकी चाय में चीनी कितनी डालूँ?"

"न्ना! उसके जैसी तो तुम नहीं हो, छोटी बहू।"

"मेरा नाम हेमकाया है।"

"प्रथमा की तस्वीरें अभी तक नहीं उतारीं?"

"उतार देना चाहिए था?"

"अरे, भई, अगर हर वक्त अपनी माँ की तस्वीर देखता रहा, तो सौतेली माँ को..."

"सुनिए! इस घर में 'सौतेली माँ' शब्द अपनी जुबान पर मत लाइएगा। रणो

तो बख़ूबी जानता है कि वह तस्वीर, उसकी माँ की है। मैं उसकी हेम-माँ हूँ।''

''तुम तो हद कर रही हो, छोटी बहू! मैं भी देखती हूँ! ज़रा अपने भी दो बच्चे हो लेने दो, तब देखूँगी, यह सब बतकही कहाँ जाती है। ये बच्चे किस घाट लगेंगे।''

हेमकाया टेबल के सामने से एकदम से उठ खड़ी हुई! बड़ी बहू सास जी के पास चली गई।

सास ने हेमकाया से कहा, ''यह तुम्हारी बड़ी जेठानी हैं। इन्होंने कोई ग़लत बात तो नहीं कही–''

रात को हेमकाया ने हिमाद्रि से कहा, ''हम दोनों में यह तो तय हुआ था कि तुम्हारी माँ यहीं रहेंगी। लेकिन तुम्हारी भाभियाँ आकर, रणो को यह पट्टी पढ़ाएँ कि मैं उसकी 'सौतेली माँ' हूँ, यह मैं बर्दाश्त नहीं करूँगी।''

''........................''

''जिस ढंग से मैं बच्चों को पाल-पोस रही हूँ, उन्हें बड़ा कर रही हूँ, उसमें और कोई टाँग अड़ाए, यह मैं हरगिज सहन नहीं करूँगी। जिस तरह तुम्हारे लिए मेरा परिवार बर्दाश्त-बाहर है, उसी तरह, तुम्हारा परिवार, मेरे लिए भी बर्दाश्त-बाहर है।''

''हेमकाया!''

''देखो, मैं तुम्हारी पहली बीवी जैसी नहीं हूँ। हमारा विवाह, शर्तों के तहत हुआ है। अब अपनी शर्त मत तोड़ो। अगर तुमने शर्त तोड़ी, तो मैं चली जाऊँगी, पीछे पलटकर भी नहीं देखूँगी।''

''जानता हूँ।''

''और एक बात, हमारे बीच साफ़ हो जाए, तो बेहतर है। मुझे बच्चा नहीं चाहिए। अगर मेरे भी बाल-बच्चे हो गए, तो मुझे नहीं मालूम कि मैं रणो और दूर्वा के प्रति अपना कर्तव्य निभा पाऊँगी या नहीं। मुमकिन है, न निभा पाऊँ।''

''मतलब?''

''मतलब तुम खुद ही समझो! होशियार भी तुम्हें ही होना है! तुम ही सोचो।''

''वाकई, तुम काफी बेदिल भी हो सकती हो–''

''हाँ, मुमकिन है, तुम्हें ऐसा ही लगे। लेकिन अभी तुम्हारी उम्र तैंतालीस है, तुम्हारे बेटे की पाँच, बेटी की तीन महीने! इस उम्र में अगर तुम्हें सन्तान हुई, तो जब तक तुम रिटायर होगे, वह बच्चा नाबालिग ही रहेगा।''

''तुम्हें अपना कोई बच्चा...?''

''इस उम्र में?''

हिमाद्रि समझ गए, हेमकाया को तर्कों द्वारा पराजित नहीं कर सकते।

हिमाद्रि के पास शिकायत करने जैसी कोई बात नहीं थी। उनकी गृहस्थी इतनी शान्ति, इतने सुव्यवस्थित तरीके से कभी नहीं चली थी। दोनों बच्चे हेमकाया की जान थे। हिमाद्रि अपना कामकाज निपटाकर लौटें, वह इसका कतई इन्तज़ार नहीं करती थी। दूर्वा को पैराम्बुलेटर में लिटाकर, उसे लेक तक घुमाने के लिए निकल पड़ती। रणो साथ-साथ दौड़ता हुआ! लेक-किनारे, उसके ढेरों संगी-साथी थे।

वह उनके साथ बॉल खेलता रहता था। शाम उतरते ही वे तीनों, घर लौट आते थे।

किसी इतवार के दिन, हिमाद्रि की नज़र रणो पर पड़ी। वह अपने स्कूल के जूते पॉलिश कर रहा था।

"रणो अपने जूते खुद क्यों पॉलिश कर रहा है?"

"रोज़ ही तो पॉलिश करता है।"

"लेकिन क्यों?"

"वह अपने जूते पॉलिश करता है; अपनी मेज़ ठीक-ठाक करता है—ढेर सारे काम करता है।"

"लेकिन, क्यों? यही तो मैं पूछ रहा हूँ?"

"मैं उसे स्वावलम्बी बना रही हूँ।"

"देखो, मैंने ज़िन्दगी में कभी..."

"तुम्हारी ज़िन्दगी है, तुम अपने ढंग से गुज़ार रहे हो। जब वह बड़ा होगा, तब ज़िन्दगी काफी कुछ बदल चुकी होगी। इसके अलावा, अपना काम खुद करने से आत्मसम्मान बढ़ता है! देखो, मैंने उन दोनों की जिम्मेदारी ली है! अब मैं हूँ और वे दोनों हैं। तुम हमारे बीच दख़ल मत दो। इसमें नुकसान उन दोनों का होगा।"

"यानी तुम चली जाओगी?"

"हाँ, यह तो मैं पहले ही कह चुकी हूँ।"

हिमाद्रि को अपने दिल की बात कहने को, कोई और व्यक्ति नहीं मिला। उन्होंने लतू को ही अपना दुःख कह सुनाया।

लतू ने ईषत् हँसकर कहा, "चलो, इतने दिनों बाद, अब आया ऊँट पहाड़ तले! अब जाकर, आपको नहले पर दहला मिला है। प्रथमा आपसे डरती थी, हेम नहीं डरती। बेटे को स्वावलम्बी बनाकर, वह उसे सच्चा इन्सान बनाना चाहती है, ताकि वह आपकी तरह दूसरों पर निर्भर न रहे।"

"हैरत है! वह माँ नहीं बनना चाहती। यह क्या नेचुरल बात है?"

"पता नहीं! लेकिन अगर बहुत ज़्यादा नेचुरल होती, तो वह भला आपके साथ टिक पाती? प्रथमा टिक पाई?"

"तुम क्या झगड़ा ही करती रहोगी, लतू? जैसे मैं कोई..."

"नहीं है! आप कुछ नहीं हैं। एक अदद अच्छी-सी नौकरी करते हैं, पुरखों की ज़मीन-जायदाद, रुपया-पैसा है! घर बनवा लिया है। यह सब कौन नहीं करता? सुनिए, जनाब, ऊँची मीनार से ज़रा नीचे उतरिए! वास्तविकता को पहचानिए। हेमकाया ऐसी औरत है, जो श्रद्धा-भक्ति के क़ाबिल है। आप किस बात के अभ्यस्त हैं? कि वे सारे लोग आपसे डरें, जो आपके आश्रित हैं। आपके अहं पर जो बात चोट कर रही है, वह यह है कि हेमकाया आपसे ज़रा भी नहीं डरती। आप यह तो समझते हैं न कि डॉक्टर बसु का दरवाज़ा उसके लिए खुला हुआ ही है और उम्मीद है कि आप यह भी समझ चुके होंगे कि वह अपना पेट चलाने में पूरी तरह सक्षम है।"

"सच्ची, लतू, जब तक प्रथमा थी..."

"अब, टसुए बहाना मत शुरू कर दीजिएगा! यह दिखावा कुछ ज़्यादा हो जाएगा। इसके अलावा, जब तक प्रथमा ज़िन्दा थी, तब भी आपको यह अहसास कहाँ हुआ था कि आपको कैसी दुर्लभ चीज़ नसीब थी। अब, इस औरत के बारे में भी नासमझी कर रहे हैं। समझने की कोशिश करें, जनाब!"

"तुम न...बेहद क्रूर और हृदयहीन हो!"

"आप चाहते क्या हैं, यह बताएँ! जब मैं कम उम्र थी, तब बड़ा हेलमेल बढ़ाने की कोशिश करते थे। अब भी क्या यही नीयत है?"

"नहीं, लतू, अगर ऐसी बात होती, तो...मुझे माफ करना, लतू।"

लतू ने ही हेमकाया से भी सवाल किया था, "तुम बच्चा नहीं चाहतीं, हेम?"

"नहीं! कहीं वह अपने बाप की तरह निकला, तो?"

"रणो?"

"वह ऐसा न हो, इसी कोशिश में लगी हूँ। सबसे बड़े एतराज की बात यह है कि उनके पिता, कभी आधा घण्टे भी बेटे के साथ नहीं गुज़ारते! कभी, किसी दिन भी नहीं–"

"उस शख़्स ने कभी, किसी के लिए भी बूँदभर भी वक्त ख़र्च नहीं किया। वह ऐसा ही है! प्रथमा के वक्त भी मैंने यही देखा है–"

"जिसे इतना कुछ...हर वक्त...चाहिए, वह शख़्स यह सोच भी कैसे सकता है...?"

"मेरा ख़्याल है। समूचे कलकत्ता शहर में सबसे ज़्यादा पिछड़ा हुआ, 'फिउडल'...दकियानूस घराने दो ही हैं। प्रथमा का घराना और इनका घराना!. हिमाद्रि बाबू तो उनमें भी...! नीलाद्रि कम से कम...

"रणो जैसे बच्चे को प्यार की ज़रूरत है! अपने पिता के प्यार की! ऐसा प्यार, जो वह समझ सके! चूँकि वह प्यार उसे नहीं मिलता, इसलिए वह मुझे

ही...''

''लेकिन तुम उन दोनों बच्चों को सच ही बेहद प्यार करती हो–''

''यह तो बड़ी स्वाभाविक बात है! है या नहीं?''

''पता नहीं! मुझे तो मातृत्व की आकांक्षा नहीं है–''

''मैं भी रणो की माँ नहीं हूँ, हेम-माँ हूँ! वह बच्चा निहायत चुप्पा और सेंसिटिव है। नींद में आज भी अपनी माँ को खोजता है।''

''वह भी शायद प्रथमा जैसा है–''

''तस्वीर देखकर लगता है, वे काफी नरम-दिल औरत थीं।''

''हाँ, नरम-दिल तो थीं! चलो, उसका जिक्र छोड़ो, हेम। मैंने बताया न, यही दोनों परिवार...! खासकर प्रथमा के परिवार जैसा, भयंकर परिवार मैंने कहीं नहीं देखा।''

''हालाँकि वह तुम्हारी रिश्तेदार थी!''

''रिश्तेदार कैसी? प्रथमा की छोटी मौसी का ब्याह, क़िस्मत से एक सच्चे इन्सान के साथ हो गया। वह सचमुच खरा इन्सान था। राष्ट्रवादी थे। मगर राजनीति में कभी नहीं उतरे। उन्होंने अपनी बीवी को लिखाया-पढ़ाया, उस ज़माने में, उसे अपर मिडिल पास कराया। दोनों मियाँ-बीवी ने बांकुड़ा के करीब लड़कियों का स्कूल और हॉस्टल खोला और लगातार चलाया भी! असल में, वे लोग नारी-शिक्षा के प्रचार-प्रसार में बेहद उत्साही थे।''

''वे लोग तुम्हारे कौन होते हैं?''

''उनका बेटा, मेरी दीदी का गाना सुनकर, उन पर फ़िदा हो गया! उनसे इश्क कर बैठा और उन्हीं से ब्याह भी कर लिया। मेरे बाऊ जी बर्दवान में डॉक्टर थे। मेरे भाइयों में से किसी ने भी डॉक्टरी नहीं पढ़ी। मैंने ही डॉक्टरी पढ़ डाली। प्रथमा और मैं, हमउम्र ही थे। मैंने कलकत्ता से पढ़ाई की। उन दिनों यही नियम था। दूर-दूर के रिश्तेदार भी अपने लोग होते थे। तभी से मेरा उसके यहाँ आना-जाना था।''

''वे मौसा-मौसी अभी भी हैं?''

''शान से ज़िन्दा हैं। लेकिन, अब, सिर्फ स्कूल लेकर ही नहीं हैं! बांकुड़ा में ही किसी गाँव के, किसी सर्वोदय केन्द्र में रहते हैं। प्रथमा का घर आज भी उन्नीसवीं शती में जीता है और उस ज़माने में मौसी-मौसा काफी प्रगतिशील समझे जाते थे। आजकल के लोग शायद इसे पिछड़ापन कहेंगे।''

''इसीलिए ही आती-जाती हो?''

''डॉक्टर जो बन गई हूँ। जान-पहचान की कोई डॉक्टर हो, इसकी सुविधा वे लोग भी समझते हैं! प्रथमा से तो मैं प्यार करती थी। मुमकिन है, उसका विवाह

देखकर ही, मैं विवाह से फिरंट हो गई! वैसे यह कोई तुक की बात नहीं है।"

"अच्छा, आज चलूँ, लतूदी!"

"अरे! फिर दीदी! क्यों भला? मेरे भतीजे-भतीजी, बहन का बेटा—सभी मुझे लतू ही कहते हैं!"

"रणो भी लतू ही कहता है?"

"हाँ! लेकिन, हेम अपने लिए तुम कुछ नहीं करोगी?"

"कोशिश ज़रूर करूँगी। इन बच्चों को बड़ा हो लेने दें। यह बताइए, दूर्वा का वजन वगैरह तो ठीकठाक है न?"

"स-ब ठीकठाक है।"

"अच्छा, तो मैं चलूँ!"

"चलो, फिर मिलते हैं! वैसे हिमाद्रि का विवाह तुमसे हुआ, इस बात से मैं बेहद खुश हूँ! ज़रा स्वार्थी हद तक खुश हूँ! रणो और दूर्वा के मामले में प्रथमा भी तो हिमाद्रि का ही अनुशासन मान लेने को लाचार होती। लेकिन, अब, ऐसा नहीं होगा। हाँ, तुम्हारे लिए ज़रूर बुरा लगता है। अकसर सोचती हूँ, तुम्हें यहाँ क्या मिला या क्या मिलेगा!"

हेमकाया ईषत् हँस पड़ी।

"भई, मैंने तो सबकुछ जान-सुनकर ही विवाह किया है। डॉक्टर मौसा भी काफी निश्चिन्त हो गए हैं! उन दोनों के मन में मेरे बारे में एक दायित्व-बोध था। वे दोनों ही काफी भले और प्यारे लोग है।"

"डॉक्टर बोस तो हमें पढ़ाया करते थे।"

"अच्छा, मैं चलूँ, लतू!"

## 8

आज, सत्तरवें जन्मदिन की सुबह-सवेरे हिमाद्रि को ढेरों बातें याद आती रहीं! प्रथमा के साथ उनका वैवाहिक जीवन सतरह साल का था; हेमकाया के साथ पूरे सत्ताईस साल का! सत्ताईस साल का जीवन शून्य करके, हेमकाया एकदम से चली गई। शर्त की बात क्या हिमाद्रि को याद है? हेमकाया क्या करे, क्या न करे, इस बारे में हिमाद्रि को क्या कुछ भी हक नहीं है?

अचानक उनके मन में बेतरह अकेलेपन का अहसास हो आया! बेहद अहसाय-निरुपाय मनःस्थिति! सच तो यह कि वे काफी दम्भ में रहते हैं! अपने

रवैये से वे साफ़-साफ समझा देते हैं कि उन्हें किसी की भी ज़रूरत नहीं है।

लेकिन, इस वक्त ऐसा नहीं लग रहा है।

''मीलू के लिए...'' हेमकाया ने क्या खूब लिखा है! मीलू को क्या हुआ होगा? या मीलू ऐसी कौन-सी बड़ी हस्ती है, जिसके लिए पति के खास जन्मदिन की उपेक्षा की जाए?

हिमाद्रि ने अपने इस जन्मदिन को इतना ख़ास महत्त्व क्यों दिया, हेमकाया ने यह भी जानना चाहा। उसे यह बात क्यों नहीं समझ आई कि देवांशु की मौत उन्हें याद दिला गई है कि किसी दिन उनकी भी मौत आ सकती है? हेमकाया तो जानती है! हिमाद्रि मौत से किस क़दर डरते हैं! वे तो अपने छोटे भइया की मौत पर भी उन्हें श्मशान पहुँचाने नहीं गए।''

हेमकाया ने पूछा भी था, ''तुम मौत से इतना डरते क्यों हो?''

''डर नहीं, जाने कैसा तो...''

''तुम्हारा तो जन्मपत्री में काफी विश्वास है न? तुम्हारी जन्मपत्री ही कहती है कि तुम बयासी साल की उम्र तक ज़िन्दा रहोगी।''

अब तो यह भरोसा देने वाला भी कोई नहीं रहा। समूचा घर इतना खाली-खाली क्यों लग रहा है?

रणो तो दूर्वा को लाने गया है!

ना, हिमाद्रि, हेमकाया को रोक नहीं पाए। रणजय और दूर्वा के बारे में तो बिल्कुल भी नहीं! हिमाद्रि को रणो के बारे में कुछ सोचना ही नहीं पड़ा। वह साल-दर-साल बेहतरीन रिजल्ट करता था, इस बात से वे मन-ही-मन काफी खुश भी होते थे।

लेकिन जुबान से वे यही कहते रहे, ''असल में वह बाप पर पड़ा है।''

रणो जब दस और दूर्वा पाँच साल के हो गए तो हेमकाया मुहल्ले के ही शिक्षा मन्दिर स्कूल में टीचर हो गई।

हिमाद्रि ने कहा, ''मेरी बीवी होकर तुम मुहल्ले के स्कूल में पढ़ाने जाओगी?''

''तुम्हारी बीवी होकर मैं बाजार-हाट जा सकती हूँ, बेटे को सैर कराने मैदान ले जा सकती थी, बेटी को स्कूल पहुँचाने जा सकती हूँ, तो नौकरी पर क्यों नहीं जा सकती?''

''शिक्षा-मन्दिर तो तुम्हें लेगा ही, डॉक्टर बोस ने उन लोगों को उतने-उतने रुपए जो दिए हैं।''

''वैसे तो, मरने से पहले मौसी ने भी रुपए दिए थे। इसके अलावा पढ़ाने का तजुर्बा मुझे पहले से ही है।''

''औरत अगर बाहर कामकाज या नौकरी करे, तो गृहस्थी बर्बाद हो जाती

है।''

''कमाल है! आजकल कौन-सी औरत घर बैठी रहती है?''

''बच्चे उपेक्षित हो जाते हैं—''

''पढ़ाऊँगी तो बच्चों को! सुबह के वक्त दूर्वा भी वहीं पढ़ती है। उसे साथ लेकर बारह बजे तक लौट आऊँगी।''

''जाओगी कब?''

''सुबह आठ बजे।''

''यानी मेरे निकलने के वक्त तुम नहीं रहोगी?''

''हाँ नहीं रहूँगी। अगर मैं देखूँगी कि चार घण्टे स्कूल करने से गृहस्थी चौपट हो रही है, तो छोड़ दूँगी।''

''कितनी-सी रुपल्ली मिलेगी?''

''स्केल तो नहीं मिलेगा। लेकिन हज़ार रुपए तो मिलेंगे ही।''

''रुपयों की बेहद ज़रूरत है?''

''जरूरत तो है ही! बड़ी दीदी के पति नहीं रहे। उसका ख़त आया है। कुछेक महीने रुपए भेजे, तो इम्तहान देकर, रिजल्ट निकलने पर बेटे को बाप की नौकरी मिल जाएगी।''

''देना अच्छी बात नहीं है। इससे इन्सान...''

''भिखमंगा बन जाता है? तुम तो कहोगे ही? क्या करूँ, बताओ? उन लोगों से पत्राचार तो रखती नहीं। ख़बर मिलने पर, थिर रहना भी मुमकिन नहीं है, न ही सही है।''

''रणो जब जाएगा...''

''रणो अब अपने कपड़े-लत्ते, बैग खुद ठीक-ठाक कर लेता है! टिफिन भी माँगकर रख लेता है! मैंने उसे स्वावलम्बी बना दिया है!''

''यह भी तो एक क़िस्म का...हमने कभी भी...''

''तुम लोगों के ज़माने में...''

हेमकाया ने शान्त आवाज़ में ही जवाब दिया, ''तुम लोगों के ज़माने में... मैं सभी घरों के बारे में तो नहीं जानती, लेकिन तुम लोगों के यहाँ बेटों के लिए अलग से नौकर था। मैंने रणो में ऐसी कोई आदत नहीं डाली। अब अलग से नौकर रखना बेहद खर्चीला मामला है! लेकिन जैसे-जैसे वह बड़ा होता जाएगा वह खुद भी काफी खर्चीला होता जाएगा।''

''भई, सीधी-सी बात यह है कि तुम्हारा नौकरी पर जाना, मुझे पसन्द नहीं है।''

''मैं वादा करती हूँ कि अगर घर या बाल बच्चों को कोई तकलीफ हुई,

तो मैं नौकरी छोड़ दूँगी।''

''तुम अपनी बड़ी दीदी की बात कर रही थीं...''

''मैंने उन्हें बुलाया था, मगर वे नहीं आएँगे। किसी दिन आएँगे भी नहीं! दीदी ने लिखा है कि बड़ी दीदी के पति जब अस्पताल में थे, बड़े भइया मेरे घर आने वाले थे...''

''शाबाश!''

''लेकिन वे नहीं आए। बाहर से ऐसी हक्कानी कोठी देखकर। अन्दर आने की उनकी हिम्मत नहीं हुई।''

''चलो, एक तरह से यह ठीक ही हुआ! वे लोग अगर आते रहते...''

''नहीं, वे लोग नहीं आते! मैं तो तुम्हारी शर्त मानकर ही चल रही हूँ।''

''......''

''अक्सर मैं सोचती हूँ...मैं तो सुरक्षा खोज रही थी, तुम्हें किस चीज़ की तलाश थी?''

''यहीं...इस बिन्दु पर बैकग्राउण्ड समझ में आता है...''

''हाँ, रणो की माँ और मुझमें काफी फर्क़ है।''

हिमाद्रि ने इस क़िस्म की बातें क्यों की थीं?

रणो की माँ कहना भी सही नहीं है। हेमकाया ने जिस तरीके से उन बच्चों को पाल-पोसकर बड़ा किया है, ऐसा भला और कोई कर सकता था?

अब हिमाद्रि को अहसास हुआ कि वे बहुत बार, बहुत तरीकों से हेमकाया को चोट पहुँचाते रहे, बेवजह उसका अपमान करते रहे।

रणो को जब नौकरी मिली, उसने हेमकाया से पूछा, ''हेम-माँ, तुम भी चलकर, मेरे साथ रहोगी न?''

''हाँ, जाऊँगी, कभी-कभी ज़रूर जाऊँगी। लेकिन, तू इतनी दूर जा रहा है। रणो, कि...''

दूर्वा बीच में ही बोल पड़ी, ''जाता नहीं, तो और क्या करता? यहाँ रहते हुए तो हाँफ उठा था! दम घुटने लगा था उसका।''

''ऐसा भी कौन-सा दूर है? तुम न कैसी तो होती जा रही हो, हेम-माँ सात समुन्दर पार, विदेश तो जा नहीं रहा है।''

बेटा, बेटी और हेमकाया, किसी को भी आभास नहीं हुआ कि हिमाद्रि के कानों तक भी उनकी बात पहुँच रही है। हिमाद्रि को लगा था, इस वक्त, एक बार फिर लगा कि ज़िन्दगी भर वे बेटे-बेटी के अन्तरंग नहीं हो पाए।

अब क्या होगा? हेम अगर न लौटी, तो?

''मीलू के लिए...'' हेम ने यह क्यों लिखा?

हाँ, एक बार हिमाद्रि का पदस्खलन हुआ तो था! वे भटक गए थे। लेकिन, वह तो पैंतालीस-छियालीस साल पहले! लेकिन मनोरमा के बारे में तो हेम जानती नहीं थी! और यह अचानक उन्हें मनोरमा की याद क्यों आ गई?

हेम अगर न लौटी, तो?

बेटा तो इस शहर में रहता ही नहीं! अगर आता भी है, तो उसके साथ बात ही नहीं होती।

उन्होंने दूर्वा से तो कह ही डाला था, ''तुम्हारी हेम-माँ ने कहा है, इसलिए मैं सिर्फ साथ दे रहा हूँ! लेकिन इसका समर्थन मैं बिल्कुल नहीं कर सकता।''

''ओ पापा, तुम ग्रेट हो! एक बात सच-सच बताओ, क्या जेठू लोग भी तुम्हारी ही तरह 'फोसिल' थे? बिल्कुल रूढ़िवादी? सच बताना—''

''एइ दूर्वा!'' रणो ने दूर्वा को बरज दिया।

''तू चुप कर, भाई! तू न, इतना भला और शरीफ है कि आजकल के ज़माने में तू बिल्कुल अचल है। बिल्कुल अचल!''

हेम ने उसे मीठी-सी डाँट पिलाई, ''और नहीं, दूर्वा!''

''मोमो की भी बलिहारी जाती हूँ! भाई का इतना-इतना प्यार...! जा, न, लड़के को ले आ।''

''कोई फ़ायदा होगा?''

''एब्सर्ड-सी शादी हुई थी...''

दूर्वा की बातचीत इसी किस्म की होती है! ऐसी सेहत! मैला रंग! लेकिन चमकता हुआ चेहरा! बाल कटे हुए, छोटे-छोटे! ना, प्रथमा से कहीं, कोई मेल नहीं है!

हेम-माँ लौटी?

दूर्वा उनकी भला कितनी देखभाल करेगी? दूर्वा को तो, वे पहचानते ही नहीं! अभी हाल ही में 'दी टेलिग्राफ' अखबार में दुर्गा महान्ती का प्रोफाइल छपा था! दूर्वा जीन्स और कुर्ता पहनकर बैठी हुई! छिः छिः छिः! बंगाली लड़की...और साड़ी भी नहीं पहनेगी?

उधर रणो ने हेमकाया से कहा, ''काश, पापा अगर इस सदी में लौट पाते! तब वे भी देख पाते कि अब तो कितनी ही लड़कियाँ साड़ी को हाथ भी नहीं लगातीं।''

''यही काम तो सबसे असम्भव है, रणो।''

''एक तो घर का बैकग्राउण्ड ही ऐसा है। उस पर से तुमने भी उन्हें इस हद तक सहेजे रखा...''

''वह सारा कुछ तो तुम लोगों के लिए ही...''

"पापा तो तुम्हें ही नहीं जान सके। यह ख़्याल आता है, तो..."

"लेकिन मैं इतनी तो बुरी नहीं हूँ, रणो।"

"पापा के साथ रहने-सहने के लिए, तुम्हें तो एवार्ड देना चाहिए–"

"आदत पड़ जाती है, रणो! असल में वह शख़्श बेहद बदकिस्मत है! अपने ही लोगों को नहीं समझता। ऐसे मर्द, यह समझ लेते हैं कि औरत उनके चरणों की दासी बनकर रहेगी। बाल-बच्चे उनके आज्ञाकारी बने रहेंगे। यही नियम है। लेकिन मानवीय रिश्ते रचने-गढ़ने के लिए और भी बहुत कुछ करना पड़ता है, यह बात वे नहीं जानते।"

"अपनी माँ की तो, बस, धुँधली-धुँधली-सी याद भर है। मेरी माँ ने जाने क्यों तो पापा से ब्याह किया था..."

"ब्याह किया नहीं था, कराया गया था।"

"तुमने तो खुद ब्याह किया था..."

"क्यों, बुरा किया?"

"अगर तुम न होतीं...तो शायद इस घर में खुशियों की ज़्यादा चहल-पहल होती..."

"मोमो के लिए तुझे बहुत दुःख होता है, न, रणो?"

"नहीं, अब पहले जितना दुःख नहीं होता। फिर भी..."

"उसके माँ-बाप भी नहीं रहे..."

"जानता हूँ! अब तो उन लोगों ने घर भी खरीद लिया है। मोमो की माँ ने एक बुटीक भी खोल लिया है! पता नहीं, मोमो क्या कर रही है..."

"देख, तू फिक्र न कर! क्यों, रे, अब तू ब्याह करेगा ही नहीं?"

"इस निपट बंगाली रुचिवाले तुम्हारे रणो से आखिर कौन ब्याह करेगी, हेम-माँ!"

"वह है न...कृष्णा अय्यर!"

"मुझे कुछ समझ नहीं आता! तुम तो जानती हो, मुझे एक घरेलू लड़की चाहिए, जो मुझसे ब्याह करके खुश रह सके।"

"चलो देखते हैं..."

हेमकाया, हिमाद्रि को यही सब बातें बताया करती थी। उन दोनों में सारी बातें, सारे किस्से कहानियाँ, अपने बच्चों के बारे में ही हुआ करती थीं।

उस वक्त हिमाद्रि भी बढ़-बढ़कर दावे किया करते थे कि वे रणो की इतनी शानदार शादी करेंगे कि लोगों को दिखा देंगे।

हेमकाया ने उन्हें आगाह किया था, "देखो, रणो के बारे में किसी जाँच-परीक्षण में न पड़ना। वह तो यूँ भी मन-ही-मन संकोच से गड़ा जा रहा है।"

हिमाद्रि ने जवाब दिया, ''रणो क्या अपने बेटे को ख़त-वत लिखता है?''

''जन्मदिन पर तो उसे लिखता ही है। इस-उस के हाथ उपहार भी भेजता है।''

थोड़ा ठहरकर हेमकाया ने अगला जुमला जोड़ा, ''रणो के बारे में ही फिक्र लगी रहती है। वह दूर्वा की तरह नहीं है। असम्भव चुप्पा है! वह क्या अपनी माँ पर पड़ा है?''

उफ! ये सब बातें हिमाद्रि को आज क्यों याद आ रही हैं? हेमकाया ने प्रथमा का भी जिक्र छेड़ा था। लेकिन वे अपनी जुबान से भला यह कैसे बताते कि प्रथमा अब उनके मन में असम्भव धुँधली, एक तस्वीर भर रह गई है।

प्रथमा की याद आते ही, हिमाद्रि को सन् साठ के दशक में सरदार शंकर रोड का ख़्याल हो आता है। आजकल की तुलना में खासा एकान्त! नन्हे रणो को लेकर, एक औरत घास पर बैठी हुई। जिसके चेहरे की अब धुँधली-धुँधली-सी याद भर ही बच रही है!

वैसे हेमकाया ने उन्हें कभी भूलने नहीं दिया। रणो के विवाह के वक्त वे बैंक के सेफ से प्रथमा के गहने निकाल लाईं। उन गहनों के उन्होंने दो हिस्से कर डाले। हेमकाया ने प्रथमा की तमाम 'ऐंटीक' जेवरों का आधा हिस्सा मोमो को दे डाला। बाकी आधा हिस्सा विवाह के समय दूर्वा को सौंप दिया।

हिमाद्रि ने घोर एतराज जताया था।

हेमकाया ने भी सख़्त लहजे में कहा, ''यह क्या तुम्हारी सम्पत्ति है? उनकी माँ की चीज है, उन्हें ही मिलेगा।''

दूर्वा ने नाक-भौं चढ़ाकर ऐलान किया कि उसे कुछ भी नहीं चाहिए।

हेमकाया ने डपट दिया, ''बहुत हुआ दूर्वा! यह सब तुम्हारा है। तुम इसे सँभालो। उसके बाद, जो मन करे, करना।''

दूर्वा के विवाह को लेकर भी हिमाद्रि ने ख़ासा हंगामा मचाया। लेकिन आखिरकार विवाह रजिस्ट्री कार्यालय में सम्पन्न हुआ।

हेमकाया ने कहा, ''अब छोटा-मोटा-सा रिसेप्शन, इसी घर में हो।''

''कभी भी नहीं!''

''बिल्कुल छोटी-सी पार्टी, दूर्वा, मैं कह रही हूँ न!''

''ऐसा तुम क्यों कर रही हो, हेम-माँ?''

''पार्टी मेरे और रणो के पैसों से दी जाएगी। पार्टी यहाँ क्यों दी जाए, यही पूछना चाहती हो न?''

''देखो, तुम मुझे ब्लैकमेल कर रही हो।''

''अरे, भई, अपने चाव मुताबिक एकाध काम तो मैं कर सकती हूँ न?

अपने मन का कोई काम नहीं किया, ऐसा तो मैं नहीं कहूँगी...''

''रहने दो, हेम-माँ, मैं सब जानती हूँ।''

''तेरे पापा, बस, ऐसे ही हैं, अब क्या उपाय, बता? अब स्कूल में मेरी नौकरी को ही ले, आखिरकार वे माने या नहीं?''

''पता नहीं! पापा मुझे हमेशा से ही पहेली लगे हैं। और अब तो...उनकी कैसी तो भाषा हो गई है। कहते हैं, प्रदीप हवा में उड़ता फिरता है। वे लोग चार-चार पीढ़ियों से यहीं रह रहे हैं, हेम-माँ! लेकिन, सुनो, तुम अपना हार मुझे ही देना।''

''तुझे बेहद पसन्द है?''

''बे-हद! यह हार तुम्हारी गर्दन से जो लगा होती है।''

''दे दूँगी तुझे! तू भी यह पार्टीवाली बात मान जा!''

हेमकाया ने हिमाद्रि से भी कहा, ''देखो, अब चुपचाप, पूरे शान्त मन से, हमारा हाथ बँटाओ, वर्ना...''

''दूर्वा का भला मैं कौन होता हूँ?''

''बाप! अगर आज के दिन उसका जी दुखाओगे, तो किसी दिन भी उसे अपने करीब नहीं पाओगे।''

हिमाद्रि ने तो वह बात भी मान ली थी।

इस घर में, प्रदीप के यहाँ, उन्होंने बेहद समयोचित सौजन्यता निभाई थी।

वैसे अपने घर लौटकर, उन्होंने यह जुमला ज़रूर कहा, ''सभी कुछ हुआ, लेकिन तुम लोगों की मर्ज़ी मुताबिक!''

''तुम्हारा क्या ख़्याल है? उन लोगों की नज़र में मेरी राय, मेरी बातों का इतना मोल क्यों है? मुझे पता है, तुम कहोगे, वे लोग पिता का सम्मान नहीं करते।''

''क्यों? तुम्हारा क्या ख़्याल है?''

''तुमने उन दोनों को हमेशा अपने से इतनी दूर क्यों रखा? यह तुमने सही नहीं किया। तुम्हारे बेटा-बेटी, दोनों ही बेहद-बेहद भले हैं।''

''हाँ ऽऽ, तुमसे ज़्यादा घनिष्ठ जो हैं...''

''तुम न...बेहद बदनसीब हो, पता है? अपनों की पहचान का हुनर, तुममें नहीं है।''

वही, हेम, अगर नहीं लौटी, तो...

## 9

दरवाज़े की घण्टी घनघना उठी।

हिमाद्रि पत्थर के बुत बने बैठे रहे!

रणो क्या अकेला ही लौट आया? बिल्कुल अकेला?

दूर्वा ने आवाज़ दी, "पा-पा!"

रणो और दूर्वा कमरे में दाखिल हुए!

"हैपी बर्थ डे, पापा!"

हिमाद्रि ने आँखें मूँद लीं।

रणो ने कहा, "हम दोनों...सब सँभाल लेंगे..."

"तुम लोगों की हेम-माँ कहाँ गई हैं?"

दूर्वा ने अपने पापा की पीठ पर हाथ रखा। ज़िन्दगी में पहली बार! आँखें मूँदे-मूँदे ही, हिमाद्रि ने अपने दूसरे हाथ की उँगलियाँ, दूर्वा की उँगलियों पर रखीं!

थोड़ा ठहरकर दूर्वा ने कहा, "शान्त हो जाओ, पापा!"

"मीलू को क्या हो सकता है?"

"मुझे कुछ नहीं मालूम, पापा भाई, तुझे कुछ मालूम है?"

"तुझे कैसे मालूम होगा? हेम-माँ ने मुझे ख़त लिखा था कि इस बार मैं चाहे जितने समय भी रहूँ, यहीं रहूँ। पापा का सत्तरवाँ जन्मदिन आनेवाला है, कहीं हम भूल न जाएँ।"

ना! रणो बिल्कुल नहीं भूला। कोठी में सुबह-सवेरे ही एक फोनोग्राम आ पहुँचा था। रणो की शुभकामनाएँ।

"आओ, बैठो, भाई!"

"मधुला? प्रदीप?"

"प्रदीप शाम को आएगा। मधुला भी उसी के साथ आएगी।"

"उतनी-सी नन्ही बच्ची को तू छोड़कर चली आई?"

"उसकी दादी कुछ दिनों वहीं हैं। इसके अलावा, मधुला की आया भी है।"

"......"

दूर्वा ने माहौल को ज़रा हल्का-फुल्का बनाने की गरज़ से कहा, "अपनी नातिन के बारे में बस, कुछ मत पूछो। वह सबके पास रह जाती है। न कोई रोना-धोना, न कोई फर्माइश! वक़्त-वक़्त पर खिलाते-पिलाते रहो! बस, निश्चिन्ती।"

"प्रदीप की माँ आई है?"

"हाँ, वे तो हर साल इन्हीं दिनों आती हैं। अब, न हो बैंगलोर में जा बसी हैं, वर्ना यहीं रहती थीं। उनके ढेरों बन्धु-बान्धव हैं यहाँ"

"तुम दोनों से हेम-माँ ने कुछ नहीं कहा?"

"कल उन्होंने मुझे फोन पर हुक्म दिया, मुझे सुबह ही आना है। सारा कुछ

देख-सुनकर हमें ही सँभालना है। हेम-माँ को जाने कौन-सा तो काम आ पड़ा है। उन्होंने यह भी बताया कि इस बारे में तुम कुछ नहीं जानते।''

''मुझे तो आज सुबह ही ख़बर दी–'' रणो ने कहा, ''जब पापा सुबह टहलने निकले, उसके बाद ही हेम-माँ ने बताया कि ''सारा इन्तज़ाम किया रखा है, रणो'' शाम के वक़्त इतु मौसी, सारा खाना-पीना दे जाएँगी। तुम दोनों भाई-बहन, आज के दिन का समारोह ज़रा सँभाल देना।''

''सारा इन्तज़ाम वह कर गई है?''

''जी, सा-रा!''

''तुम इतने परेशान न हो, पापा! हेम-माँ, ऐसा कोई काम कभी नहीं करती, जो बेवजह हो।''

''यही तो सारी परेशानी है–''

''लेकिन उन्होंने तो कहा ही है कि परेशानी की कोई बात नहीं है।''

हिमाद्रि को अब जाकर इतने दिनों का अपना उत्तराधिकार समझ में आ गया। (वाकई यह स्व उपार्जित भी था) उनकी सारी हेकड़ी टूट-फूट गई। वे बेतरह कमजोर पड़ने लगे। यह सब बुढ़ापे का लक्षण है! बेतरह नासमझ होते जा रहे हैं।

''उसके लिए जाने की कोई जगह नहीं है, मैं भला परेशान न होऊँ?''

''देखो, अगर परेशान होगे, तो तुम्हारा टेंशन बढ़ जाएगा।''

''अरे हाँ, भाई, हेम-माँ की मौसी लोग क्या अभी तक ज़िन्दा हैं?''

''उनके मौसा तो हैं...यह खबर...?''

''जब मेहमान आएँगे, तो उनसे क्या कहेंगे, भाई?''

''कह देंगे, हेम-माँ के स्कूल की कोई सहकर्मी अचानक बीमार हो गई, सो वहीं फँस गईं। कह देंगे, अगर लौट सकीं, तो लौट ही आएँगी।''

दुर्वा ने कहा, ''चलो पापा, खाने की मेज़ पर चलकर बैठो। वहीं गपशप करते-करते, पूरा ख़ाना तैयार कर लूँगी।''

''तुम खाना पका सकती हो?''

''खाना तो भाई भी पका लेते हैं। ऐसा कौन-सा काम है, जो हेम-माँ ने नहीं सिखाया? फर्नीचर पॉलिश करना, स्विच बदलना, फ्यूज़ मरम्मत करना, खाना पकाना, कपड़े धोना, इस्त्री करना...''

हैरत है! हिमाद्रि को यह सब कुछ भी नहीं आता था। हेमकाया ने रणो और दूर्वा को किस हद तक स्वावलम्बी बनाया है, उन्हें तो इसकी भी जानकारी नहीं थी। उन दोनों की सारी बातें नई-नई लग रही हैं।

बावर्चीखाने की जिम्मेदारी, सरमा के हाथों में देखकर हिमाद्रि जिस क़दर अवाक् हुए, दूर्वा और रणो को उतना अचरज नहीं हुआ।

"मौसी, तुम कब आईं?"

"क्यों? सुबह-सुबह ही आ गई थी! नटकू लेने गया था। वैसे दीदी ने पहले से ही कह रखा था।"

हिमाद्रि अवाक्।

सरमा तो मीलू की माँ थी!

हेमकाया के स्कूल की इतु ने जब अपने घर में कैटरिंग की शुरुआत की, सरमा कहीं काम करती थी! मीलू को हेमकाया ही लाई थी। सरमा पहले स्कूल में काम कर चुकी थी।

"क्या-क्या पकेगा, तुम्हें मालूम है?"

"सब जानती हूँ, बेटा! दीदी सब लिखकर रख गई हैं। लेकिन चलो, अच्छा हुआ कि तुम आ गईं। मेरे हाथ के बने हुए मोचे की तरकारी उतनी अच्छी नहीं बनती।"

"दिन का मेनू क्या है?" रणो ने पूछा।

"जो पापा को पसन्द है। मूँग की दाल, मोचाघंट, कोई मच्छी की पतौड़ी, पोस्ते का बड़ा और चटनी। देख रही हो, कितने बड़े-बड़े अक्षरों में लिखकर रख गई है? तुम फिक्र न करो! मौसी सारा कुछ मैं बना लूँगी। पहले, चलो, चाय हो जाए! पापा तो चाय पीते ही नहीं—"

"आज...न हो, पी लूँगी—"

रणो ने कहा, "सब कुछ मौसी पर छोड़ दे, दूर्वा! तू सब चौपट कर देगी..."

"धत्! कितने ही दिनों तो पकाया है, कभी चौपट किया है?"

"अब पकाने का मन है, तो पका ही डालो।"

"हाँ, कुछ भी न करके, यूँ हाथ पर हाथ धरे बैठे रहना, भला भी नहीं लग रहा है।"

बेटे-बेटी इतना सहज बर्ताव कर रहे थे। हिमाद्रि क्या हार जाएँगे?

हेमकाया अक्सर पूछा बैठती थी, "तुम कभी नॉर्मल क्यों नहीं हो पाते?"

नहीं, हिमाद्रि के लिए नॉर्मल होना भी सम्भव था! वे आसानी से नॉर्मल भी हो सकते थे? लेकिन सारा मामला निहायत अस्वाभाविक परिस्थिति में घट रहा था, इसलिए...।

चाय की प्याली आगे बढ़ाते हुए दूर्वा ने कहा, "पापा चाय कभी नहीं पीते। कहीं तबीयत तो नहीं बिगड़ जाएगी?"

"अरे, नहीं, नहीं! रुको, पहले अखबार ले आऊँ..."

भाई-बहन ने एक-दूसरे की आँखों में झाँका।

रणो ने पूछा, ''सच्ची, तुमने आज का अखबार नहीं देखा?''

''नहीं! वक्त कहाँ मिला? सुबह-सुबह ही...''

''चलो पहले चाय पी लो। अखबार बाद में देखना...''

''सुन, दूर्वा कभी हैदराबाद आ जा! मैंने मीट का जैसा रिज़ाला तैयार करना सीखा है न...!''

हिमाद्रि पूछ बैठे, ''तुम खुद पकाते हो?''

''हाँ सुबह-सवेरे नाश्ता तैयार कर लेता हूँ, खाकर, निकल पड़ता हूँ, दफ्तर में लंच करता हूँ। रात का खाना पहले मैं खुद पकाता था। अब मेरे एक सहकर्मी के घर से आ जाता है।''

''क्यों? तुम लोग क्या आसपास ही रहते हो?''

''हम सब अफसर क्वार्टर में रहते है।''

''घर का सारा कामकाज?''

''मैं खुद करता हूँ! बहुतों के यहाँ नौकर भी है।''

''रुक जा, मधुला ज़रा बड़ी हो ले!'' दूर्वा ने कहा।

''मजे की बड़ी हो चुकी है...''

''आऊँगी! इस बार सर्दियों में आऊँगी। प्रदीप को ही फुर्सत नहीं मिलती। इसीलिए तो...''

''निकलने को तो तुम भी निकल जाती हो, दूर्वा।''

''हाँ, मगर शनि-रवि घर में ही रहती हूँ।''

दूर्वा चाय की ट्रे लेकर चली गई।

जाते-जाते वह कह गई, ''अपनी हेम-माँ भी धन्य है! ये प्यालियाँ किस ज़माने की हैं, बता सकते हो, भाई?''

''सन् 1987 की! तुम्हारी सहेली की सेरामिक प्रदर्शनी से खरीदी गई थीं। याद है।''

अब मेज के सामने हिमाद्रि और रणो ही बच रहे।

''रणो...!''

''कुछ कहना है?''

''हो सकता है, लतू को पता हो।''

''उन्हें कई बार फोन किया। तितिल ने बताया कि आज ऑपरेशन करके, मौसी कब लौटेगी, पता नहीं!''

''तितिल?''

''लतू मौसी का भतीजा।''

“मेरा कहना था...मतलब दिल में बार-बार सवाल उठता है, “तुम क्या अब विवाह नहीं करोगे?”

रणो ने बेहद सहज लहजे में जवाब दिया, “अभी तक तो सोचा नहीं! अगर किया तो तुम जान ही जाओगे।”

“उस वक्त मैंने नहीं समझा था। तब तो तुम्हारी उम्र भी कम थी!”

“जो बीत गया, अब उसका जिक्र क्यों छेड़ें, पापा?”

दूर्वा ने रसोई से ही आवाज़ लगाकर कहा, “नटकू इतनी देर क्यों कर रहा है, रे?”

“बस, आता ही होगा।”

“लंच के बाद, सो मत जाना, भाई! सारा कुछ टिप-टॉप कर डालना है। इतु मौसी को ऑर्डर देकर, हेम-माँ ने बहोत अच्छा किया!...ओ, मौसी रोटियाँ क्या घर में ही सेंकी जाएँगी?”

“सारा कुछ वहीं से आएगा।”

“कहाँ से दूर्वा?”

“पराशर रोड से, पापा! ज़्यादा दूर नहीं है।”

“अच्छा, मैं ज़रा अखबार पढ़ डालूँ–”

“तुमने नहा लिया था न?”

“हाँ, सुबह ही...”

हाँ, सुबह-सुबह, उन्होंने नहा-धो लिया था; मेज के सामने आकर बैठे भी थे। उसके बाद से ही ज़िन्दगी उलट-पलट गई, क्योंकि हेमकाया नहीं थी। इस हालत के साथ, वे अपना ताल-मेल कैसे बिठाएँगे। हिमाद्रि को समझ में नहीं आया, क्योंकि  ज़िन्दगी के सतरह साल प्रथमा के साथ और सत्ताईस साल हेमकाया के साथ गुज़ार चुके थे। अपनी चौवालीस साला उम्र में ऐसा एक बार भी नहीं हुआ कि बीवी चली गई हो और वे पड़े रहे हों।

अचानक उनके मन में एक सवाल जाग उठा। रणो को कैसा लगा था?

ज़रूर बेतरह ठेस लगी होगी। इसीलिए तो अब ब्याह का प्रसंग छेड़ते ही, वह टाल जाता है।

न्ना, बत्तीस साला बेटे की ज़िन्दगी यूँ अभिशप्त हो जाए, ऐसा नहीं हो सकता!

हेमकाया लौट आओ! तुम्हारा रणो चाहे जिसे भी ब्याह लाए, मैं मान लूँगा। आज तो मैं खुद अपनी आँखों से ही देख रहा हूँ, तुम्हारे हुक्म के सम्मान में बच्चे आकर खड़े हो गए हैं! वे दोनों नहीं भी आ सकते थे, मौके पर यूँ खड़े नहीं भी हो सकते थे। मैं तो बच्चों के साथ, कभी अन्तरंग हुआ ही नहीं।

उन्होंने मातृहीन रणो को दादी-नानी को सौंप दिया था। हेमकाया अगर न आती तो...

उन्होंने अखबार खोल लिया! लगता है, रणो ने यह अखबार पढ़ा है। उसके बाद उसने तह कर रख दिया। उन्होंने शोक-समाचार कॉलम पर नज़र डाली! उनकी आँखें मृत्यु-संवाद पर दौड़ पड़ीं। जान-पहचान वाले, सहकर्मी, सीनियर-जूनियर, जाने कितने ही लोगों का मृत्यु-संवाद छपा होता है।

मृत्यु-संवाद पढ़ते हुए, सबसे पहले यही ख़्याल आता है—शुक्र है, मैं जिन्दा हूँ। जैसे नेम-नियम मुताबिक मैं चलता हूँ, सौ वर्ष तो पार कर ही दूँगा।

लेकिन आज...आज लग रहा है, सत्तर वर्ष काफी लम्बी उम्र होती है। इसका वजन ढोना बेहद मुश्किल है।

अचानक उनकी निगाह किसी ख़बर पर अटक गई।

'पर्सनल कॉलम' में उनके शुभ जन्मदिन पर शुभकामनाएँ दी हैं, हेमकाया, रणो, दूर्वा, प्रदीप और मधुला ने!

यह भी, पहली बार था!

हिमाद्रि इतनी-इतनी शुभकामनाएँ कैसे क़बूल करें? उन्होंने तो इन लोगों को कभी, कुछ नहीं दिया।

## 10

आरामकुर्सी पर बैठे-बैठे, हिमाद्रि की शायद आँख लग गई थी। वैसे उनकी नींद बेहद पतली है! बस, ज़रा थकान लग रही थी! मन कहीं से व्यग्र और उत्कण्ठित भी था!

उन्हें दूर्वा और रणो की बातें सुनाई दे रही थीं।

''ये फूल हम बिल्कुल बाद में सजाएँगे, भाई! तू बस, यह माला, माँ की तस्वीर पर चढ़ा दे।''

''अच्छा, हेम-माँ क्या कभी, कुछ नहीं भूलती?''

''नहीं, मैंने तो कभी नहीं देखा, कि वे कुछ भूल गई हों। वैसे, भाई, माँ की कोई बात...कोई चेहरा, मुझे याद नहीं तुम्हें याद है?''

''धुँधला-धुँधला-सा!''

''वह क्या इतनी खूबसूरत थी?''

''लतू मौसी बताती है वह और भी ज़्यादा सुन्दर थी।''

''मैंने तो जब से होश सँभाला, हेम-माँ ही थीं—''

"मुझे भी...हेम-माँ के अलावा और कुछ जानता हूँ भला?"

"हम दोनों को कैसे सीने से लगाए रखा। लतू मौसी तो कहती ही है कि अगर हेम-माँ न होतीं, तो हम दोनों 'मेंटल' हो जाते! बिल्कुल पगला ही जाते।"

"हेम-माँ ने कितना कुछ बर्दाश्त किया है...!"

"भाई, तू विवाह नहीं करेगा?"

"अभी तक तो नहीं पता! डर लगता है।"

"अरे, सभी क्या मोमो होंगी?"

"चूँकि तूने ब्याह कर लिया है, इसलिए सबका ब्याह कराना चाहती है?"

"हाँ, यह तो सच्ची बात है! विवाह करके, मैं कितनी सुखी हूँ।"

"तू तो बिल्कुल अलग-थलग है! मैं तो भयंकर घरेलू हूँ।"

"देखना, ठीक पार हो जाएगा।"

"पता है, कभी-कभी श्रीजय को देखने का बेतरह मन होता है। मगर वह, वहीं घुलमिल गया है।"

"किसी-न-किसी दिन तो भेंट होगी ही।"

"पता नहीं!"

"अच्छा, अपनी हेम-माँ गई कहाँ?"

"जब आएगी, तब पता चल जाएगा"

"चल, खाना खा लिया जाए।"

"हाँ, चल पापा को भी आवाज़ दे लूँ।"

"पता है, पापा को ही सबसे ज़्यादा मुश्किल है हेम-माँ के अलावा, उन्होंने कभी किसी से बात नहीं की—"

रणो ईषत् हँस पड़ा, "हेम-माँ से भी भला वे बात कहाँ करते थे? वह तो हेम-माँ ने ही उनकी जुबान खुलवाकर दम लिया था। पापा ने तो...हेम-माँ को बेइज़्ज़त करने की कम कोशिश नहीं की। लेकिन नाकाम रहे। मेरी माँ...काफी नरम-दिल थी...सुना भी है और याद भी है।"

"चलो छोड़ो, भाई! पापा को बुला लूँ..."

हिमाद्रि उनकी बातचीत सुन रहे थे।

दूर्वा की आवाज़ सुनकर, उन्होंने वही जवाब दिया, "हाँ, प्लेट लगाओ, मैं आता हूँ।"

"मौसी, जब हम खाने बैठ जाएँ तो ज़रा खसखस के बड़े तल देना, ठीक है?" दूर्वा ने हिदायत दी।

"जानती हूँ, जी जानती हूँ।" गोविन्द भोग का दूधिया सफेद भात, सुनहरी मूँग की दाल, खसखस के बड़े, मोचाघंट, कोई मच्छी, अनारस की चटनी!

हिमाद्रि ने कहा, "वाह! हेम की तरह ही पकाना भी सीखा है–"

"अच्छा लगा?"

"काफी लज़ीज़ है।"

"चलो, डटकर खाओ, फिर ऊपर जाकर, ज़रा सो लो। हमें अभी ढेर सारा काम है।"

"सो जाऊँ? दोपहर को तो..."

"सुप्रतीप जो लिखता है, उसकी भूलें सुधारते हो, पता है! लेकिन आज तो सुप्रतीप आया नहीं–"

"अरे हाँऽ! मुझे तो याद ही नहीं रहा–"

"चलो, नहीं आया, न सही! तुम लेटे रहना, नींद आ जाएगी।"

"दूर्वा मछली तो बिल्कुल..."

"हेम-माँ ने पकाना सिखाते-सिखाते, मुझे रुला मारा! तुम्हारे प्रिय व्यंजन–कोई मच्छी, छोटी-छोटी पोना मच्छी और बैंगन-बड़ी, हरी मिर्च की शोरबेवाली तरकारी! भाई को जो प्रिय है–मीट, पालक साग की भजिया, सूजी की खीर! सच्ची, भाई। खाने के मामले में तेरा टेस्ट बिल्कुल पंच-मिसाली खिचड़ी है। प्रदीप को इन सबकी ज़रा भी आदत नहीं है। क्या खाया, उसे तो यह भी याद नहीं रहता।"

"इतना सब सिखाया कब?"

"छुट्टी के दिनों में! भाई ने ही इस्त्री सीखते हुए अपने कपड़े-लत्ते कम जलाए हैं?"

"मुझे तो...कुच्छ भी...नहीं आता था।"'

हिमाद्रि की आवाज़ बीच में ही टूट गई। लज्जा! लज्जा! भयंकर लज्जा! ये सभी लोग एक ही घर में रहते थे–उनकी बीवी, बेटे, बेटी! इन तीनों के बारे में छुटपुट घरेलू बातों की उन्हें खबर ही नहीं हुई।

निःशब्द! निःशब्द! सन्नाटा!

"हेम चली गई...सुप्रतीप भी आज नहीं आया...मुझे...मुझे तो कुछ भी होश नहीं आया। मैं सिर्फ अपने को लेकर ही..." फिर सन्नाटा!

"मीलू तो चली ही गई...अब, अगर नटकू भी चला जाए...?"

"रणो भी तो चला जाएगा..."

फिर वही निस्तब्धता! फिर वही सन्नाटा!

रणो ने नरम लहजे में कहा, "चलो, ऊपर चलो! सब ठीक हो जाएगा। जब तक हेम-माँ नहीं आएगी, मैं भला कैसे आऊँगा? घर की चाबी तो वे मुझे सौंप गई हैं।"

दूर्वा ने फर्श की तरफ नज़रें गड़ाए-गड़ाए ही कहा, "पापा को ऊपर ले जा, भाई! मैं मौसी, नटकू वगैरह को खाना परोस दूँ—"

रणो ने पापा की पीठ पर हाथ रखा।

"उठो, पापा!"

"उठता हूँ!"

लेकिन...कमरे में लेट जाने भर से भला नींद आती है?

...रणो पैदा हुआ, पाँच मई, 1962 में।

दूर्वा पैदा हुई, सोलह अगस्त, 1967 में।

हेमकाया का जन्म हुआ था, सन् 1937 में! तारीख तो हिमाद्रि ने किसी दिन पूछी ही नहीं।

उन्हें हेमकाया की आवाज़ याद हो आई। क्लान्त भद्र, संयत आवाज़!

"तारीख जानकर क्या होगा? इस घर में सिर्फ एक शख्स का जन्मदिन मनाया जाता है। बस, एक ही तारीख याद रखने लायक है। मेरे बारे में तो ख़ैर जानते ही हो! बचपन से ही, मुझे हमेशा यही लगता रहा है कि बेहतर य़ही होता कि मैं पैदा ही नहीं हुई होती।"

"डॉक्टर बसु लोगों ने तो तुम्हारा अनादर नहीं किया।"

"ज़रूरत से ज़्यादा आदर किया। लेकिन दीवार तो खुद मेरे मन में ही खड़ी थी—"

...इसी तरह एक दिन हिमाद्रि, जाने किस बात पर तो चीखे-चिल्लाए थे।

हेमकाया खामोश रही।

रात को हिमाद्रि ने ही पूछा, "रणो क्या कह रहा था, ज़रा मैं भी तो सुनूँ?"

हेमकाया ने ईषत् हँसकर जवाब दिया, "कह रहा था, तुम्हें बहुत चोट लगी है न, हेम-माँ! मैंने कहा—ना, रे, रणो!"

हिमाद्रि चुप!

हेमकाया ने अगला जुमला जोड़ा, "अब तुम्हारे किसी भी बर्ताव से मेरा मन आहत नहीं होता; क्योंकि हम एक-दूसरे से भद्र बर्ताव करेंगे, यह बात तो शर्त में शामिल नहीं थी। फिर मैं कहूँगी और यह बात याद रखना! रणो की उम्र, अब सतरह साल हुई! बेहद सेंसिटिव उम्र है! उसके सामने मुझ पर चिल्लाया मत करो।"

इतना कहकर, हेमकाया ने एक किताब उठा ली और अपना बेड-लैम्प जलाकर, लेट गई।

आज उसी हिमाद्रि का जन्मदिन!

जाने कितने-कितने दिनों की कितनी-कितनी बातें!

"...रणो या दूर्वा का जन्मदिन तो तुम मना ही सकती हो..." हिमाद्रि

ने तमककर कहा था।

"मनाती हूँ न! थोड़ी-सी खीर बना देती हूँ, नए कपड़े-लत्ते देती हूँ। और क्या करूँ?"

हेमकाया जब से अपनी नौकरी पर जाने लगी, रणो-दूर्वा के जन्मदिन पर वे नौकर-चाकरों को भी नए कपड़े देती थीं।

अब रणो और दूर्वा, अपनी हेम-माँ को नई साड़ी देते थे।

हिमाद्रि ने कभी किसी को कुछ नहीं दिया।

हिमाद्रि तो यह भी नहीं जानते कि हेमकाया का जन्मदिन कब आता है!

जिस दीदी को मदद करने के लिए, हेमकाया ने नौकरी ली, हिमाद्रि ने कभी उनके बारे में भी कुछ नहीं पूछा।

वे कितने-कितने तरीकों से हेमकाया की बेइज़्ज़ती करते रहे।

लौट आओ, हेम! लौट आओ! मुझे एक मौका और दो।

# 11

नीचे दूर्वा और रणो ने कमरा सजा डाला।

सरमा और नटकू खानेवाले कमरे में गपशप में मगन हो गए।

रणो ने कहा, "सच्ची, पापा ने क्या मकान बनवाया है! खाने के लिए इतना बड़ा हॉल कमरा! इसके अलावा ड्राइंगरूम, स्टडी, एक बेडरूम, दो-दो बाथरूम, रसोई! नौकरी-चाकरों का कमरा! ये सब पहली मंजिल पर! दूसरी मंजिल पर तीन-तीन बेडरूम! दो बाथरूम, बरामदा, तीसरी मंजिल पर छत! सच्ची धन्य हैं!"

"पार्ट-टाइमर तो मकान की साफ-सफाई करते-करते ही..."

"लेकिन क्यों? किसलिए?"

"किसलिए, मतलब?"

"इतनी बड़ी कोठी, आखिर किसलिए?"

"अरे, भई, सस्ती-पस्ती का ज़माना था? पुरखों का घर बेचकर दौलत मिली थी। सो कोठी खड़ी कर ली।"

"इस कोठी का करेंगे क्या?"

"पापा ही जानें!"

"अगर किसी दिन पापा को कुछ हो गया, तो मैं तो हेम-माँ को लेकर चला जाऊँगा।"

"अच्छा, भाई, यह मीलू का क्या चक्कर है?"

"मुझे कुछ नहीं पता! इतु मौसी के यहाँ सरमा दी रहती है। मीलू उसी की बेटी है! मैरिड है! यानी शादीशुदा! हेम-माँ बता रही थी कि उसका पति उसके रहते हुए, दूसरी शादी करना चाहता है...ऐसा ही समथिंग! समथिंग! हेम-माँ दो महीने पहले, उसे यहाँ ले आई। बस, इससे ज़्यादा मुझे कुछ नहीं पता।"

"भाई, हेम-माँ लौटेंगी तो सही?"

"आज तो वे बेहद गुरु-गम्भीर थीं। बेहद अलग-सा चेहरा! कह गईं, तुम दोनों को ही सारा कुछ करना है, रणो! मैं निरुपाय हूँ।"

"हेम-माँ कैसे तो इतने सालों..."

"यह सवाल करो, तो वह कोई जवाब नहीं देती।"

"लेकिन अपनी ज़िन्दगी अपने मुताबिक ज़रूर रच-गढ़ ली। स्कूल में नौकरी करती है! ढेरों सहेलियाँ बन गई हैं। लतू मौसी से भी, इतने सालों से काफी घनिष्ठ हो गई हैं।"

"हमें कभी यह अहसास नहीं होने दिया कि हमारी माँ नहीं है।"

"बहुत से लोग मुझसे यह सवाल करते हैं कि हम माँ को 'हेम-माँ' क्यों बुलाते हैं?"

"तू क्या जवाब देती है?"

"मैं कहती हूँ, मैं और भाई इसी सम्बोधन से बुलाते हैं।"

"पापा बेहद बदकिस्मत हैं!"

"आज भी मुझे ऐसा ही लगता है! लेकिन, एक बार ज़रा सोच, पापा कैसे भयंकर शख्स हैं!"

"इसीलिए तो मौसी कहती है कि पापा जैसे लोग आज भी उन्नीसवीं शती में ही पड़े हुए हैं।"

"भाई, हेम-माँ तो एक ही है! हम दोनों की माँ, सुना है, काफी नरम दिल थी। उसने भी कितना कुछ सहा होगा, मुझे अक्सर ख़्याल आता है।"

"मरकर तो वह बच गई। पापा की किसी भी बात की परवाह किए बिना, उनकी किसी भी बात का उत्तर दिए बिना, हमारी माँ क्या अपने मन-मुताबिक अपने ढंग से हमें बड़ा कर पाती? हेम-माँ ही ऐसा कर पाई।"

"हेम-माँ ने इतना कुछ किया! हमारे लिए इतना-इतना सहा, लेकिन उसके अपने साथ क्या हुआ। उसने हमें भनक तक नहीं लगने दी—"

"ज़रूर इसकी कोई वजह रही होगी। हेम-माँ को मैंने बेवजह कभी कुछ भी करते नहीं देखा।"

"हम इतने पढ़े-लिखे, सभ्य इन्सान हैं। मेरे मन ने मुझे हुक्म दिया, माँ को हमेशा याद रखना हालाँकि मुझसे यह नहीं हो सका! मैंने कभी पलटकर

देखा ही नहीं! आखिर उसने एकलम्पेशिया में दम तोड़ दिया। लेकिन, सत्ताईस साल पहले, क्या इसका कोई इलाज नहीं था?"

"रहा होगा! ज़रूर रहा होगा।"

"देखो, कोई न कोई चक्कर ज़रूर है। लतू मौसी के सामने माँ का जिक्र छेड़ते ही वह फट से डपट देती है, उसका नाम भी मत लो—"

"वह तो हमारी तकदीर अच्छी है। हेम-माँ की वजह से माँ और पापा के परिवार से जान-पहचान की कभी जरूरत नहीं पड़ी।"

"अब तो हम, उन लोगों के समक्ष...हेम-माँ तेरा तलाक, मेरा किसी उड़िया बन्दे से ब्याह कर लेना..."

"मोमो ने दूसरा विवाह भी कर लिया, पता है?"

"तुझसे किसने कहा?"

"मोमो ने ही बताया था—"

"किससे?"

"किसी पटेल के साथ!"

"और श्रीजय?"

"वह अपनी माँ के पास ही रहे। विवाह अगर टूट जाए और बच्चों के लिए आपस में खींचतान होने लगे, तो सबसे ज़्यादा दुःखी बच्चे ही होते हैं। मुझे यह बेहद बुरा लगता है।"

"श्रीजय तुझे ख़त लिखता है?"

"हाँ, बड़े दिन को एक कार्ड भेज देता है! अभी तो छोटा है।"

"सुन, तू ब्याह कर डाल! हेम-माँ भयंकर फिक्र करती है तेरे लिए! बे-हद फिक्र!"

"यह पीपू तुझे कैसी लगती है?"

"लतू मौसी की भतीजी!"

"हाँ—"

"तूने उसे कहाँ देख लिया?"

"हैदराबाद में ही तो नौकरी करती है न! किसी इकोनॉमिक्स पत्रिका में...। उन लोगों की पब्लिशिंग भी है..."

"पीपू की उम्र कितनी है, रे, दादा?"

"तुझसे, बस, जरा-सी छोटी।"

"मुझे कैसी लगी यह बताकर क्या होगा? हम तो कॉलेज में भी नहीं पढ़े। बातचीत में तो..."

"यंग लतू मौसी लगती है।"

''तूने उसी के बारे में सोचा है?''

''मुझे वह अच्छी लगती है। बेहद खुश दिल है और बेहद कामकाजी! वहाँ औरतों का एक ऑरगनाइजेशन भी है। वह खुद भी अपने कामकाज में बेहद कुशल है! रहती भी वह हमारी तरफ है! कृष्णा का फ्लैट शेयर करती है।''

''उसे भी इन सबकी जानकारी है न?''

''सा—री! वैसे वह बात-बात में सिर्फ यही कहती है कि—छोड़ो, छोड़ो, भूल जाओ तो! ज़िन्दगी नए सिरे से शुरू करो!—बेहद सरल और तेज-तर्रार लड़की है।''

''वैसे भाई पीपू यहाँ भी ज़रूर, आई है।''

''तूने पकड़ लिया न!''

''कित्ते दिनों से जान-पहचान है? कब से चल रहा है यह सब?''

''तीन साल से!''

''तू भी न...कितना घुन्ना है!''

''नहीं, रे, यह तो आज ही अहसास हुआ कि अकेले और निःसंग रहना किस क़दर मुश्किल है? हेम-माँ अगर चली गई न होतीं तो...''

''साड़ी-वाड़ी पहनती है?''

''कभी भी नहीं!''

''खाना पकाना आता है?''

''अपना खाना तो वह खुद ही पकाती है।''

''तू तो कहता था कि तुझे कोई बंगाली, घरेलू पत्नी चाहिए?''

''भई, वर्किंग औरतें क्या घरेलू नहीं होतीं? हेम-माँ,...तू...ऐसी ही कितनी-कितनी औरतें...''

''और बंगाल? बांग्ला भाषा?''

''बंगाली तो ख़ैर है ही। वैसे अब तेलुगू भी फर्राटे से बोल लेती है।''

''यानी तू तय करके ही चला था?''

''नहीं, नहीं! हम लोग अच्छे दोस्त हैं। हमारा मिलाजुला एक सर्कल भी है। इसीलिए थोड़ा-बहुत भरोसा होता है।''

''देख, भइया, तू ठहरा बत्तीस साल का बुड्ढा! आजकल वक्त जेट रफ़्तार से चल रहा है। लम्बे अर्से तक प्यार करें, उसके बाद विवाह करें, इतना वक्त कहाँ है? अब मुझे ही देखो न! जेट सेट रोमांस! विवाह और बेटी!

''वही तो हमारा प्लस प्वाइंट है! प्यार तो नहीं है, दोस्ती है!''

''मोमो को तो तू प्यार करता था—''

''करता था। लेकिन वह कोई अन्य रणो था! ''

''यह खबर सुनकर, हेम-माँ, लतू-मौसी कितनी खुश होंगी!''

"हाँ, लेकिन लौह-मानव चीखेंगे-चिल्लाएँगे।"

"आज की घटना के बाद? कुछ भी नहीं करेंगे।"

"वैसे पीपू मेरे जितनी ही लम्बी है। मैं पांच-ग्यारह हूँ, वह पाँच नौ है।"

"हेम-माँ की बेहद जरूरत है! हेम-माँ की...!"

"वह बाबा आदम के ज़माने का बैग लेकर आखिर गई कहाँ?"

"लौटकर आने दो! मैं भी दो-दो हाथ लूँगी।"

"एइ, तू पापा के लिए क्या लाई है?"

"नई डिक्शनरी! पापा तो डिक्शनरी-पागल हैं..."

"मैं एक जोड़ी हैदराबादी चप्पल लाया हूँ।"

"हेम-माँ के लिए?"

"वह तो तू देख ही रही है! उनके लिए अपने को ले आया हूँ।"

"पीपू क्या आज आएगी?"

"आने की कोई वजह नहीं है।"

"किसी दिन उसे मेरे यहाँ भी ले आ! हैरत है! लतू मौसी की भतीजी! खूब तैरा करती थी! खेल में भी उस्ताद थी।"

"अब तू यह मत सोच लेना कि हमारा कोई बना-बनाया प्रोग्राम था। हैदराबाद में, कृष्णा के यहाँ कुछ लोगों की खाने की दावत थी। वहाँ अचानक पीपू से टक्कर हो गई। दोनों ही अचकचा गए। उसके बाद...जो होता है... लतू मौसी ने भी एक दिन फोन पर बात की—तुम लोग एक ही कॉम्प्लेक्स में हो, यह सुनकर मुझे बेहद खुशी हुई! उसके बाद धीरे-धीरे..."

"चल, तू सुखी तो हम भी सुखी हैं। मेरी सारी चिन्ता-फिक्र, तुझे लेकर ही है! इसीलिए तुझसे गपशप करने के लिए ख़त वगैरह लिखती रहती हूँ।"

"सुख? सुख के बारे में मैंने कभी नहीं सोचा, दूर्वा! बस, ज़रा चैन चाहता हूँ! राहत की बात सोचता हूँ। चूँकि हम दोनों में दोस्ती है, इसलिए गपशप करता हूँ। वह काफी सुलझी हुई लड़की है! झगड़ा होने का कोई चांस नहीं होता।"

"हूँ ऽऽ लगता है, खूब सोच-विचारकर आया है।"

"नहीं, दूर्वा सोचा-विचारा कुछ भी नहीं! हेम-माँ के चले जाने के बाद, काफी कुछ समझ में आ रहा है। तुझे मैंने पहले नहीं बताया, हेम-माँ शुरू से ही इसी तरह आत्मनिर्भर रही है। हम दोनों भी हमेशा हेम-माँ पर ही निर्भर रहे हैं। आजकल...मुझसे बहुत ज़्यादा ही बँध गई है। परसों बरामदे में बाल सुखाते-सुखाते, उन्होंने अचानक कहा, तू मुझे सुखी करना चाहता है, रणो, तो अपने मन की किसी लड़की से विवाह कर ले! मैं सबसे ज़्यादा खुश होऊँगी! तू ब्याह कर ले, तो मैं निश्चिन्त हो जाऊँगी, तू यह क्यों नहीं समझता?"

"मैं मालूम है!" मैंने हँसकर कहा, "अगर वह लड़की भी कहीं मोमो की तरह ही हुई, तो?"

हेम-माँ ने कहा, "रणो, अगर ऐसा कोई ब्याह हुआ, जिसमें दोनों, एक-बारगी ही एक-दूसरे से उलट हों, तो ऐसा दुःखद जीवन, पहले के ज़माने में लोग गुज़ारते थे! औरत तो ख़ैर, लाचारी की ही ज़िन्दगी जीती थी। लाचारी की ज़िन्दगी तो आज भी जीती है। लेकिन अब पति छोड़ देता है, पत्नी भी छोड़-छाड़कर चल देती है। तेरे मामले में भी, जो होना था, वह तो हो ही गया।"

"जानता हूँ, हेम-माँ!" मैंने कहा।

रणो की बात सुनकर दूर्वा ने कहा, "मैंने भी हेम-माँ से पूछा था, तुम क्या भाई को ज़्यादा प्यार करती हो?" हेम-माँ ने कहा, "दूर्वा औरत की जात बड़ी कठकरेजी होती है; बेहद सख्त-दिल! तुम भी मेरी तरह ही हो! टिके रहना जानती हो! रणो बड़ा चुप्पा लड़का है! मुँहचोर!"

"हाँ, खुद भी जाने कैसे तो इतने साल..."

"उनसे कुछ कहो, तो वे जवाब देती थीं, तुमने मेरा न-पाना ही देखा? मुझे बहुत कुछ मिला भी तो है। सौतेला नाम और सौत की दो सन्तान! वह भी...सौतन से ऐसा कोई रिश्ता नहीं था! तुम, मैं और रणो—हम तीनों तो दोस्त हैं! यह क्या कम प्राप्ति है?"

"एइ, दूर्वा, चार बज गए।"

"चलो, पहले हम दोनों ज़रा चाय पीते हैं। उसके बाद, हम ज़रा सज-धज लें! पापा से भी तैयार होने को कह दूँ—"

"प्रदीप कब आएगा?"

"आएगा! आएगा! आ जाएगा! बेसब्री क्यों हो रही है?"

"सच्ची, मुझे तो अन्दाजा भी नहीं था कि प्रदीप तुझसे ब्याह करेगा।"

"ब्याह उसने थोड़े ही किया! जैसे ही मैंने यह फैसला किया कि शादी करूँगी तो उसी से करूँगी, बस, उसी दम, वह फिनिश! मुझसे भला वह पार पाता?"

"धत्! तू न बिल्कुल ही बकवास है।"

"अच्छा, चल, बहुत हुआ! अब उठ भाई!"

"साड़ी पहनकर तू बेहद हसीन..."

"धत् साड़ी पहनकर चलना-फिरना मुहाल हो जाता है! हाँ प्रदीप मुझे साड़ी में देखकर...खूब खुश होता है।"

"सास?"

"भई, उनके बेटे का कुँवारापन मिटा दिया, वे तो इसी में महाखुश हैं। वैसे भी वे यह सब माइण्ड नहीं करतीं। उनका कहना है, जीन्स और कुर्ते में

मैं बेहद अच्छी लगती हूँ।''

''दूर्वा हेम-माँ को दिखा देना होगा कि मुझे भी टिके रहना आता है। अब ब्याह कर ही डालूँ! आज पापा को देखा, तो इस बात का और तीखा अहसास हुआ कि बुढ़ापे में अकेला हो जाना, किस क़दर भयावह है!''

''हाँ, मगर पीपू से बात तो कर ले!''

''कर लूँगा! कर लूँगा!''

''सीधे रजिस्ट्री कर डाल!''

''नो रिसेप्शन!''

''येस रिसेप्शन! आयरन-मैन इस बार खुद ही इसका इन्तज़ाम करेंगे, भई, डरे हुए जो हैं!''

''चिरकाल...अपने से दूर हटाए रखा।''

''अतीत को भूल जाओ, रणजय! अब सामने की तरफ नज़र टिकाओ! नई शताब्दी आ रही है...मैं चाय बनाने चली—''

## 12

लतू कमरे से बाहर निकल आई। हेमकाया पथराई हुई, कुर्सी पर बैठी रहीं।

''अब और ज़्यादा मत सोचो, हेम, मीलू सो गई।''

''अगर कहीं उसकी नींद टूट जाए?''

''सिडेटिव दिया है! उसकी नींद टूटने का कोई चांस नहीं है।''

''वह बच तो जाएगी न, लतू?''

''हेम, तुम इतनी कमजोर पड़ जाओगी, इसकी उम्मीद नहीं थी मुझे! तुम्हें तो मैंने सब बता दिया। पहले ज़रा साँस तो लेने दो। पीपू को मैंने चाय लाने को कहा है। अभी हम दोनों चाय पीएँगे। उसके बाद, नहाएँगे! उसके बाद पीपू का तैयार हुआ हैदराबादी ऑमलेट और टोस्ट खाएँगे। पीपू को यह ऑमलेट बनाना, रणो ने सिखाया है।''

''रणो?''

''हाँ, हेम, पीपू तो अब हैदराबाद में नौकरी करती है। वह और रणो, काफी गहरे दोस्त हैं। देखो न, मैं घर पर नहीं थी। तुम दोनों को बिठाकर, इतना जतन क्यों किया, बताओ तो? तुम उसके दोस्त रणो की हेम-माँ हो।''

पीपू चाय लेकर कमरे में दाखिल हुई!

''इन्हें पहचाना?'' लतू ने पूछा।

"रणो के कमरे में इनकी फोटो है न?" लतू ने कहा।

"पीपू ने परखती हुई निगाहों से हेम की तरफ देखा। वह तस्वीर छः महीने पहले की थी! अब उनकी सेहत काफी टूटी हुई लगी!

"देख, हेम मेरी बात नहीं सुनती! उसे आराम की ज़रूरत है इस वक्त।" लतू ने शिकायत भरे लहजे में कहा।

"नहीं...मैं ठीक ही हूँ! बस, ज़रा मीलू की तरफ से परेशान...! सोच सकती हो, आत्महत्या करने के लिए ज़हर खोज रही थी? कम-से-कम दस पैकेट, चूहे मारने का ज़हर जमा कर लिया था।"

"क्यों? बात क्या हो गई?"

इस सवाल का जवाब टालते हुए हेम ने कहा, "चलो, चाय पीते हैं, लतू! आज दिन भर...जैसा गया है न...! मीलू तो जैसे पत्थर की बुत बन गई है। न बात करती है, न रोती है। बस बार-बार यही पूछती रही, मेरा क्या होगा? मैं तो बाथरूम भी गई तो पीपू को उसके पास बैठाकर गई।"

"मैं भी आज...तीन-तीन बड़े ऑपरेशन थे? लेकिन, हेम...आज तो रणो के पापा का जन्मदिन है न?"

"हाँ, राणो और दूर्वा सँभाल लेंगे! उसके बाप समझें!"

"वे तो पगला ही जाएँगे, भई!"

हेम ने थकी-थकी आवाज़ में जवाब दिया, "ना, कोई पागल नहीं होता, लतू, कोई मरता भी नहीं। मुझे नहीं देख रहीं?"

"तुम तो सर्वाइवर हो! सख्त-जान! इसलिए ज़िन्दा हो—"

"मीलू को क्या हुआ?" पीपू ने दुबारा पूछा।

"कल उसे ठीक से देखूँगी! आज तो हैवी सिडेटिव दिया है! पीपू, देखना, उसके कमरे में हर वक्त गंगा मौजूद रहे।"

"मैं अगर उसका कोई इन्तज़ाम नहीं कर पाई तो वह मेरी हार होगी।" उन्होंने फुसफुसाकर कहा, "उसे पक्का विश्वास हो गया है कि वह माँ बननेवाली है।"

"कितने महीने मिस किए हैं उसने?"

"तीन महीने—"

"पेशाब टेस्ट?"

"नहीं, वह तो नहीं कराया, क्योंकि अगर वह मेरे यहाँ रहकर, गर्भवती हुई है तो इसके लिए मैं जिम्मेदार किसे ठहराऊँगीं, मुझे पता नहीं। अगर कोई भी जिम्मेदार हुआ, तो उसे सजा भी दूँगी। लेकिन, पहले उसे...बड़ी उम्मीद लगाकर, मैं उसे यहाँ ले आई थी।"

"चलो तो, पहले तुम नहा लो! मुझे भी नहाना है! खा-पीकर, सारा किस्सा सुनूँगी!"

"यह तुम्हारा फ्लैट, सचमुच बेहद खूबसूरत है।"

"यहाँ हम बहुत सालों से हैं। किराया भी कोई ख़ास नहीं है। सबसे अच्छी बात यह है कि मकान-मालिक चाहता है कि मैं इसी घर में रहूँ।"

पीपू बोल पड़ी, "चाहेंगे नहीं? हाम रोग हो या छाती का कैंसर, सारा इन्तज़ाम जो कर दिया जाता है।"

"हट, मुझे जाने दे। तितिल कहाँ है?"

"किसी दोस्त के यहाँ पूरी रात भर गाने सुनता रहा और तुमको यही बताता रहा कि उसे ऐड-वन में नौकरी मिल गई है?"

"हाँ, कहा था, मैंने कान नहीं दिया।"

"अब उसके दिमाग पर यह भूत सवार हुआ है कि वह ऐड-फिल्म बनाएगा। अगर वह फिल्म बना पाया, तो इसका बाज़ार अच्छा है।"

"उठ, रसोई में जा, पीपू!" लतू ने कहा, "और हेम, तुम उस बाथरूम में घुस जाओ।"

जब वह नहा-धोकर, बाथरूम से बाहर निकली और मेज के सामने आ बैठी, तो पीपू उसके लिए भात, पतली दाल, मछली का पतला शोरबा और परवल की भुजिया, थाली में सजाकर ले आई।

"रणो को यह सब खाना बेहद प्रिय है।"

"और साथ में है पालक साग का भुजिया! बत्तीस साल उम्र! अब तक वह शायद बत्तीस क्विंटल पालक साग हजम कर चुका है।"

"उसके बाप को न, तरह-तरह की झख है।"

"हाँ वह भी हद से ज़्यादा! आओ, तुम बैठो, पीपू।"

"जब तक आप वहाँ पहुँचेंगी नहीं, रणो तो वहाँ से फ्री नहीं होगा।"

"लेकिन जब तक मीलू का कोई पक्का इन्तजाम नहीं हो जाता, मैं तो यहाँ से हिल भी नहीं सकती।"

"अच्छा चलो खाओ, हेम! मैं तुम्हारी सारी बातें सुनूँगी। उस घर के लिए तुम्हें टेंशन तो नहीं हो रहा है?"

"नहीं! ज़रा भी नहीं! वैसे भी बेटे-बेटी, बाप तीनों का एक जगह, एक साथ रहना ज़रूरी भी है।"

"बूँद भर भी टेंशन नहीं हो रहा है।"

"देखो, बाद में क्या होगा, पता नहीं! फिलहाल ऐसा कुछ भी नहीं है।"

"पीपू, रहने दे! अब और भात मत दे।"

"देख फालतू की बक-बक मत कर, लतू! तू न, हमेशा-हमेशा मेरा खाना कम करने की जुगत में लगी रहती है और मैं हमेशा ही जी भरकर खाती रही! देख, बूँद भर भी मोटी हुई हूँ? असल में मछली का शोरबा और भात, मेरा प्रिय खाना है।"

"वहाँ क्या करती है?"

"वहाँ तो मैं हद खाती हूँ! हैदराबादी, पंजाबी, गुजराती,—हर तरह का पकवान, मैं आराम से हजम कर जाती हूँ।"

"अच्छा, चल, चल अब खाना ख़त्म कर! अभी हम आधा घण्टा गपशप करेंगे।"

"सुन, ज़्यादा रात मत करना, लतू! आज तुझ पर काफी मेहनत पड़ी है!"

"नहीं, रात नहीं करूँगी।"

लतू का पलंग, काफी लम्बा-चौड़ा थी! इस मकान के कमरे काफी बड़े-बड़े! असबाब भी पुरानी-धुरानी डिज़ाइन के भारी-भरकम! ये सब सामान, किसी ज़माने में नीलामी में खरीदे गए थे। हेम बिस्तर पर टिककर बैठ गईं।

"हाँ, अब बताओ, हेम, यह सारा चक्कर क्या है?"

"बताती हूँ! किस्सा सरमा से शुरू होता है!"

"सरमा तो इतु के यहाँ काम करती है।"

"हाँ, वहाँ तीन-तीन कर्मचारी हैं। सरमा उन्हीं में से एक है। किसी ज़माने में वह बस्ती में रहा करती थी, लेकिन वह बस्ती जाने किस ज़माने में उजाड़ी जा चुकी है। मैंने उसके पति को कभी नहीं देखा, बस, उसे ही देखती आई हूँ। कभी-कभी वह मेरे स्कूल में भी बदली की आया का काम भी कर चुकी है। मीलू उसी की छोटी बेटी है। अच्छा भला पढ़ रही थी लड़की। क्लास सेवन में गई थी। एक दिन मैंने सुना, माँ ने उसका ब्याह कर दिया।"

"उस वक्त, इस लड़की की उम्र क्या थी?"

"यही कोई सोलह साल! अठारह साल की उम्र न होने तक उसका ब्याह करना गुनाह है, यह समझाने से भी कोई फायदा नहीं था। बेटी के ब्याह के लिए, वर मिलते ही, ये लोग फट ब्याह कर देते हैं।"

"लड़का कैसा था?"

"सुना है, वह लड़का रंग-मिस्त्री का काम करता था। मध्यम ग्राम के करीब, सुभाषपल्ली में घर! पाँच साल तक मुझे इन सबकी कोई जानकारी नहीं थी। उसके बाद, मीलू अक्सर यहाँ भाग आती थी। उन दिनों उसका चेहरा भी खासा बदरंग-बदहाल हो गया था। मैंने यह भी सुना कि वहाँ भी वह पार्ट टाइम करती

थी।'' हेम बताती रही, ''उधर ससुराल में भी परिस्थिति काफी बदहाल, क्योंकि मीलू माँ नहीं बन पाई थी।''

''यानी मारपीट, अत्याचार शुरू हो गया?''

''अगर मारपीट, अत्याचार हुआ भी हो, उसने हमसे कभी नहीं बताया।'' उसके पति और ससुरालवालों की प्रमुख शिकायत है कि मीलू को बच्चा क्यों नहीं हो रहा है। गंडा-तावीज़ वगैरह सब कराया गया जैसा कि रिवाज है।''

''दोनों प्राणी की डॉक्टरी जाँच...खैर, वह तो पढ़े-लिखे लोग भी कराने को तैयार नहीं होते। बच्चा न हो, तो सारा कसूर औरत का!''

''मालूम है! लेकिन, एक बात ज़रूर है। मीलू जितनी बार भी आई है सरमा ने उसे रात भर ही गुज़ारने की अनुमति दी है। सरमा का यह अपना घर नहीं है। सरमा इतु के यहाँ नौकरी करती है और पैसे जमा कर रही है, ताकि गीबर डांगा या कहाँ तो अपनी बहन के घर के करीब अपना भी कोई घर बना सके।''

''यह तो अच्छी बात है।''

''इतु को मीलू का रहना पसन्द नहीं है। मीलू को सुबह-सुबह ही चले जाना होता है! सरमा भी डरती है कि मीलू के आने-जाने से कहीं इतु उसे भी बाहर का रास्ता न दिखा दे कि अब तुम्हारी जरूरत नहीं है। मीलू स्कूल आकर मुझसे भेंट करती थी और रो-धोकर चली जाती थी। मुझे बेहद बुरा लगता रहा।''

''औरतों की बदहाली के किस्से मुझसे भी नहीं सुने जाते। हेम! मेरे पास भी क्या कम औरतें आती हैं, अपना दुखड़ा रोने?''

''मेरा ख्याल है, मीलू ने अपने पति से विनती की होगी कि वह भी अपनी डॉक्टरी जाँच करा ले! इसी बात को लेकर झगड़ा-झमेला हुआ होगा। काफी कलह भी मची होगी और यह कलह भी एकतरफा थी, क्योंकि मीलू तो ऐसी लड़की है कि उसे काट भी डालो, तो वह जुबान से उफ तक नहीं करेगी। इसी झगड़े-झमेले के दौरान, पति ने उसे घर से बाहर निकाल बाहर किया।''

''उसके बाद...?''

''उस दिन सारी रात वह बरामदे में लेटी रही। वह अपने देवर से आरजू-मिन्नत करती रही, लेकिन देवर भी चीख-चीखकर सुनाता रहा कि मीलू का पति नामर्द है! नपुंसक है! और वही...छिः छिः।''

''मीलू ने क्या किया?''

''उसके हाथ में जो भी आया, उसने उठाकर मारा और उसे धकेलकर गिरा दिया और निकल पड़ी। भोर-भोर वह अपनी माँ के पास रवाना हो गई—''

''सरमा ज़रूर उसे अपने साथ रखने को राजी नहीं हुई होगी?''

''नहीं!'' उस वक्त मीलू ने कहा, ''वह रेल से कटकर अपनी जान दे देगी।''

''इसलिए, उसे तुम अपने साथ ले आईं?''

''और कोई उपाय भी क्या था?''

''उसके बाद क्या हुआ?''

''उसे समझाने में काफी देर लगी। उसके लिए काफी खटना पड़ा लतू! सुभाषपल्ली दौड़ी गई। रणो के दोस्त, सजय को अपने साथ ले गई। संजय पुलिस में है। ससुराल में उसका देवर तो नहीं मिला, मगर उसका पति और सास मौजूद थे। उन दोनों ने बताया कि मीलू के जाने के बाद उसका पति, किसी डॉक्टर के पास गया था—''

''वह क्या वाकई नामर्द है?''

''हाँ! मैंने उन लोगों से साफ़-साफ़ कह दिया, मीलू अब वापस नहीं लौटेगी।''

''यह कितने दिनों पहले की बात है?''

''यही कोई ढाई महीने पहले! उसे अपने घर से निकाल भी नहीं सकती थी। वह हर वक्त बेतरह डरी-डरी रहती थी कि उसका पति उसके साथ जरूर कुछ-न-कुछ करेगा। मैंने कहा कि मैं तुझे तलाक दिलवाऊँगी! अब तू लिखना-पढ़ना सीख ले। किसी काम-धाम की ट्रेनिंग ले और अपने पैरों पर खड़ी हो जा। अगर मन हुआ, तो उसके बाद विवाह भी कर सकेगी।

''उसने यह दुहाई नहीं दी कि औरत का विवाह सिर्फ एक ही बार होता है।''

''नहीं, यह वास्ता नहीं दिया।''

''लगता है, उसने हिन्दी फिल्में ज़्यादा नहीं देखीं।''

इतने दुःख के बावजूद, हेमकाया ने ईषत् हँसकर कहा, ''देखी ज़रूर होंगी, क्योंकि सास ने सुनाया न कि उसका बेटा चाहे जितना भी गुस्सा करे, मिजाज दिखाए, मगर अपनी मेहरिया को लेकर सनीमा ज़रूर जाता है।''

''यानी फ़िल्में देखती रही है?''

''अब मैं उसे इतना-इतना समझा रही हूँ। अब मुझे भी ज़िद चढ़ गई है कि चाहे जैसे भी हो, उसे इस खन्दक से निकालूँगी ही! सरमा ने तो साफ़ पल्ला झाड़ दिया कि उसे रखने की उसकी औकात है, न ताकत! अब जो भी करें, आप ही करें! मैं तो हर तरह से अक्षम हूँ। मेरे पास इतनी फुर्सत नहीं है कि बेटी के पीछे-पीछे दौड़ा-दौड़ी करूँ।''

''स्वाभाविक है...''

''वैसे हर शनिवार को बेटी के लिए कालीघाट मन्दिर में मत्था कूटने जाती है। उसे उम्मीद है कि कोई परीकथा जैसा करिश्मा ज़रूर होगा। पता नहीं...''

हेम मीलू में ही डूबी रही।

"मीलू क्या धीरे-धीरे स्वाभाविक हो पाई?"

"काफी हद तक! वह वकील के पास जाने को भी राजी हो गई। मैं भी खूब खुश! लेकिन धीरे-धीरे वह घोर 'डिप्रेशन' में चली गई। पता नहीं वह किस खौफ़ से आतंकित थी! वह न तो कुछ बोलती थी, न बतियाती भी, बस, रह-रहकर रोने लगती थी। रात को उठ-उठकर टहलने लगती थी। महीने भर तक तो मैं उसे समझाती-बुझाती रही, धमकाती भी रही, उसके बाद...बताया न परसों मैंने उसके पास से चूहे मारनेवाले ज़हर के पैकेट बरामद किए..."

"उफ! हेम!"

"मैंने उसे एक तमाचा जड़ दिया। तब जाकर उसने कबूल किया कि इधर कुछ महीनों से उसे मासिक में बहुत कम-कम स्राव हो रहा था। उसके बाद एकबारगी बन्द हो गया। ज़रूर वह गर्भवती हो गई है, इसमें उसे कोई सन्देह नहीं रहा। पति तो ख़ैर नपुंसक है। अब अन्दाजा लगता है कि शायद उसका देवर ही...लतू! वैसे देवर से उसका शारीरिक सम्बन्ध हुआ था या नहीं, इस बारे में वह श्योर नहीं है। लेकिन वह पेट से है, इस बारे में वह निश्चित है।"

"वह अपने को पापिन समझ रही है?"

"शत-प्रतिशत!"

"आत्महत्या के अलावा..."

"अब उसकी कोई गति नहीं है, इस बारे में वह पक्की तौर पर निश्चित है! अगर मैं अपने घर होती, तो मैं उसके लिए कुछ भी नहीं कर सकती थी। इसीलिए रात भर उसे किसी तरह सहेज सँभालकर रखा, अब दौड़ी-दौड़ी तुम्हारी शरण में आई हूँ।"

"फर्ज़ करें अगर वह सचमुच गर्भवती हो?"

"अगर वह चाहे, तो बच्चा गिरा दे, अगर प्रसव करना चाहे, तो उसे लेकर मैं रहूँगी! खैर, यह सब तो बाद की बात है! अब इसके लिए चाहे कोई भी जिम्मेदारी हो, मैं उसे फेंक तो नहीं सकती।"

"अच्छा, चलो, अब सो जाएँ, हेम! कल देखती हूँ! तुम मेरे पास आई हो, परेशानी की क्या बात है? कल ही उसे मुहल्ले के नर्सिंग होम में भर्ती करा देती हूँ। मैं भी उसी नर्सिंग होम में हूँ। उसके बाद...जो भी जरूरत होगी, मैं करूँगी।"

"वह उठेगी तो नहीं?"

"असम्भव! मैंने डाँट-धमकाकर उसे दूध-पावरोटी खिलाया। कड़ी सिडेटिव दी। गंगा उसी घर में मौजूद है! ऐसी विपदा, साल में दो-तीन बार तो झेलनी ही पड़ती है! गंगा बेहद कामकाजी है! मेरे यहाँ तीन लोग ही काम करते हैं, तीनों बेहद भरोसेमन्द!"

"लतू, तुम्हें अकेलापन नहीं सताता?"

"जब मैं कमउम्र थी, तभी अकेलेपन के अहसास के लिए फुर्सत नहीं मिली! अब तो कोई कमी बिल्कुल भी नहीं खटकती। अच्छा, अब चलो, सो जाओ।"

# 13

जन्मदिन का उत्सव बहुत पहले ही खत्म हो चुका था। सब लोग अचरज से देखते रहे। हिमाद्रि के बेटे-बेटी, दामाद ने कितने अदब से मेहमानों की खातिर-तवाजो की; सबको कितने जतन से खिलाया-पिलाया।

हेमकाया की अनुपस्थिति पर सभी ने मन्तव्य दिया।

अमिय और उसकी पत्नी ने कहा, "रणो अपनी हेम-माँ का जन्मदिन भी जरा पता कर रखो! सब मिलकर उनके जन्मदिन पर भी मजा करेंगे।"

दूर्वा, रणो और प्रदीप हर किसी ने एक ही बात दोहराई, "आप लोग हेम-माँ को तो जानते हैं। उनका एक सहकर्मी सचमुच काफी बीमार है। उसे इमरजेंसी में भर्ती कराना पड़ा। उन महिला का परिवार यहाँ नहीं रहता इसलिए सारी दौड़-धूप हेम-माँ को ही करना पड़ रही है।"

अमिय की पत्नी ने कहा, "यह सब क्या हमें नहीं पता? मेरे ऑपरेशन के वक्त उन्होंने क्या कम़ दौड़-धूप की थी?"

अमिय ने छेने की चम्मच भर खीर मुँह में डालते हुए कहा, "हिमाद्रि तो कोशिश करेगा नहीं, तुम दोनों ही आयोजन कर डालो। मैं प्रस्ताव रखता हूँ, हिमाद्रि के साथ पूरे सत्ताईस वर्ष गृहस्थी चलाते रहने के लिए हम सब उनका अभिनन्दन करेंगे। नो, हिमाद्रि, अब जुबान पर ताला जड़कर इस तरह...।"

दूर्वा ईषत् हँस पड़ी, "हेम-माँ काफी कड़ियल औरत हैं..."

अचानक हिमाद्रि बोल उठे, "कड़ियल हुए बिना रहती कैसे? तुम इत्ती-सी थी, रणो कुल पाँच वर्ष का था..."

अमिय की बीवी बीच में ही बोल उठी, "मैं तो उन्हें मन-ही-मन सैकड़ों बार नमन करती हूँ।"

इतु मौसी सिर्फ हल्की फ्राइड राइस, राधा बल्लभी, चिकेन गोवानीज़, दही-मच्छी, अनारस की काश्मीरी चटनी और पतली-पतली रोटियाँ ही नहीं लाई थीं।

उन्होंने गर्व भरे लहजे में कहा, "सारा खाना सफोला में पकाया है। कोई परेशानी नहीं होगी।"

खाना बूफे तरीके से सजाया गया था।

हिमाद्रि ने भी बोलना शुरू कर दिया, ''किसी को भी मुसीबत में देखकर, उसे किसी शर्त पर भी रोका नहीं जा सकता। ड्राइवर को टाइफायड हो गया, बस, अपनी कोठी में ही रख लिया...''

दूर्वा की सास ने दूर्वा से कहा, ''सुनो, मधुला को देखकर मैं जा रही हूँ। लगता है, तुम्हें अभी रुकना चाहिए।''

प्रदीप ने अकेले में पूछा, ''समथिंग सीरियस?''

''पता नहीं! जब तक हेम-माँ की कोई खबर नहीं आती...''

''तुम अभी रुक जाओ! ओल्डमैन काफी बदहवास हो आए हैं। वर्ना वे मुझे अपने सीने से लगाते?''

''काश, बेचारी माँ अगर ज़रा मजबूत होती...''

रणो ने कहा, ''हेम-माँ के लिए तो कहीं जाने-आने का ठिकाना ही नहीं था—''

खाना-पीना निपट जाने के बाद इतु मौसी ने सरमा से कहा, ''सारा कुछ समेटकर, फ्रिज में रख दो, सरमा! बर्तन-भाँडे मँजवा-धुलवाकर, कल भोर-भोर चली आना।''

''कल भाई उसे छोड़ आएँगे—'' दूर्वा ने उन्हें आश्वस्त किया।

''अब अपने भाई का ब्याह करा दो। बिटिया! मर्द बच्चा है, यूँ संन्यासी बनकर भला रह सकता है?''

''हाँ करा दूँगी!''

इतु मौसी ने धीमी आवाज में कहा, ''इत्ती बड़ी नौकरी करता है। दूर देस में रहता है! आवारा हो जाने में भला कितनी देर लगती है?''

दूर्वा ने हँसी दबाते हुए कहा, ''मुझे भी यही डर है...''

''अच्छा मैं चलूँ, बिटिया! आराम से रहना! तुम्हारी सास कितनी भली है! पति भी शरीफ है! तुम्हारी बेटी भी कितनी प्यारी है...''

धीरे-धीरे सबने विदा ली!

हिमाद्रि ने पूछा, ''अमिय मुझे 'भगवद्गीता' क्यों थमा गया।''

''अमिय काका ने मज़ाक किया है—''

''तुम्हारी सास 'क्रॉसवर्ड' की भारी भरकम किताब दे गई हैं।''

''उन लोगों ने ग़लती की। पापा! यह सब तो रिटायर्ड बूढ़ों को दी जाती हैं! उन लोगों को भला क्या खबर है, इन दिनों तुम खुद किताब लिख रहे हो।''

''हाँ, मैंने यह बात किसी को भी नहीं बताई। यह सबके लिए सरप्राइज होगा।''

"बेशक! अच्छा, अब, नटकू के साथ ऊपर चलो और सो रहो। तुम काफी थक गए होंगे।"

"लतू नहीं आई?"

"ऑपरेशन करके लौटी है। सो रही है।"

"और हेम...?"

"मुझे चाबी दे गई हैं–" रणो ने जवाब दिया, "अपने लिए वे तीन-चार जोड़े कपड़े लेकर गई हैं। वापस तो खैर, लौट ही आएँगी। देखो, आज दूर्वा भी रुक रही है। सब तुम्हारे ही लिए न! तुम यह भी तो देखो–"

"हाँ, मैं इतनी प्राप्ति डिजर्व नहीं करता।"

दूर्वा और रणो चुप!

हिमाद्रि ने ताज्जुब के लहजे में कहा, "यह प्रबन्ध भी हेम ही कर गई; जबकि मैं अब तक 'मैं-मैं' ही करता रहा?"

रणो ने कहा, "हेम-माँ जब लौट आए, उसके बाद भी यह बात याद रखना, पापा! इतना ही काफी है।"

"तुमने मेरा तिरस्कार किया, अच्छा ही किया।"

ख़ामोशी! लेकिन ख़ामोशी का भी कैसा अजीब वाङ्मय! पिछले सत्ताईस वर्षों से तिल-तिल करके जमा होती हुई बातों के तीरों से एक-दूसरे को बेधते रहे। यह सिलसिला अभी भी जारी है!

–न्ना! रणो को मैं थप्पड़ मार सकती हूँ।

–न्ना! तुमने मेरी माँ का अपमान किया है।

–न्ना! रणो सरकारी नौकरी के लिए परीक्षा देगा।

–नौकर-नौकरानी को 'मौसी' 'दादा' बोलना सिखाती रही हो?

–तुम शराफत क्या जानो, हेम? अपना बैकग्राउण्ड मत भूलो।

फिर चुप्पी! फिर सन्नाटा!

रणो, दूर्वा और हिमाद्रि एक-दूसरे की तरफ टकटकी बाँधे, देखते हुए!

थोड़ा ठहरकर रणो ने कहा, "सॉरी! अब तुम सोने जाओ, पापा!"

"हाँ, जा रहा हूँ! तुम दोनों भी... ज़्यादा रात न करना।"

"नटकू! तू पापा के साथ जा–"

हिमाद्रि उठ खड़े हुए!

"भाई, तूने तो कुछ भी नहीं खाया। अभी, कुछ खाएगा?"

"रुक जा, पहले अपने को तो संयत करूँ।"

"तूने इतनी बात सुनाई, इसलिए पछतावा हो रहा है?"

"न्ना! ज़रा भी नहीं!"

"तो, चल उठ! कुछ खा ले।"

दूर्वा ने रणो के सिर पर हाथ फेरते हुए कहा, "देखना, हेम-माँ कल तक जरूर लौट आएँगी।"

"पापा को ख़बर नहीं, किसी भी दिन, मैं हेम-माँ को साथ ले जा सकता हूँ! अब तक ले नहीं गया, पापा को थोड़ा और मौका देता रहा–"

"अब शान्त हो जा, भाई!"

"अब तक इतना बर्दाश्त करता रहा...इतना-इतना सहन किया है, दूर्वा! मुझे आज भी याद है, मेरी माँ मुझे लेकर बगीचे में बैठी-बैठी आँसू बहाया करती थी।"

"अब तू शान्त हो जा, भाई, चल खा ले। वर्ना मैं बेतरह रो पड़ूँगी और तू बूद्धू-सा देखता रह जाएगा।"

"पता है, पीपू भी बिल्कुल तेरी तरह की है। उससे सब बातें की जा सकती हैं।"

"चल, खा ले, भाई!"

"चल तू भी चल–"

"सुबह उठकर, सबसे पहला काम होगा इतु मौसी के सारे बर्तन धुलवाना, भोजन का इन्तजाम करना, लेकिन कल शाम को मुझे जाना ही होगा।"

"कल मुझे भी अपने दफ्तर एक फोन करना है, हेम-माँ कब लौटेंगी, पता नहीं, दफ्तर वाले भुनभुन कर रहे होंगे।"

"अगर कल भी वह न लौटीं?"

"भई, अगर उन्हें जाना होता, तो बहुत पहले ही चली जातीं।"

"गईं क्यों नहीं, पता है?"

"पहले हम दोनों की वजह से...अब मेरी वजह से।"

"थोड़ा-बहुत पापा की वजह से भी! दरअसल, हेम-माँ निर्मम नहीं हो पातीं।"

"जब वह निर्मम हो सकती थी, हम आड़े आ गए। अब मेरी फिक्र में परेशान हैं! इतनी परेशान हैं,...इतने ख़त लिखती हैं...मैंने सिर्फ इस बार ही नहीं, हमेशा बताया है। वह मुझे अक्सर लिखती रहती हैं–तुम्हारे ख़त ही मुझे बाँधे रखते हैं, वर्ना मैं तो जाने कब ही, क्या कुछ कर बैठती।"

"तूने कुछ तय किया?"

"इस बार मैंने तय कर ही डाला, दूर्वा! मैं पीपू से विवाह कर रहा हूँ, इस बात का भी ऐलान कर दूँगा। तभी कम-से-कम...मेरे बारे में...।"

"वह निश्चिन्त हो जाएँगी। चल, अपने आँसू पोंछ!"

"आज की रात तो गुज़र जाएगी, लेकिन कल?"